NK INK INK INK INK INK INK
K INK INK INK INK INK INK IN
NK INK INK INK INK INK INK
K INK INK INK INK INK INK IN
NK INK INK INK INK INK INK
K INK INK INK INK INK INK IN
NK INK INK INK INK INK INK
K INK INK INK INK INK INK IN
NK INK INK INK INK INK INK
K INK INK INK INK INK INK IN
NK INK INK INK INK INK INK
K INK INK INK INK INK INK IN
NK INK INK INK INK INK INK
K INK INK INK INK INK INK IN
NK INK INK INK INK INK INK
K INK INK INK INK INK INK IN
NK INK INK INK INK INK INK
K INK INK INK INK INK INK IN
NK INK INK INK INK INK INK
K INK INK INK INK INK INK IN
NK INK INK INK INK INK INK
K INK INK INK INK INK INK IN
NK INK INK INK INK INK INK
K INK INK INK INK INK INK IN
NK INK INK INK INK INK INK
K INK INK INK INK INK INK IN
NK INK INK INK INK INK INK

天機

履彊◎著

目次

寫實主義未了

——寫在《天機》之前

陳芳明

現代主義與後現代主義的浪潮，並未撞歪履彊文學航行的方位。在七〇年代末期崛起的他，見證了台灣社會從晚期農村經濟到晚期資本主義的急劇轉變。這裡所謂的晚期農村經濟，是自創的名詞，指的是台灣農業社會在資本主義的衝擊下，走上凋敝崩解的道路。而晚期資本主義，則是沿用西方左翼理論的觀念，指的是台灣社會在九〇年代被迫整編到全球化趨勢的網絡之中。在如此跌宕動盪的歷史轉型，履彊從未偏離寫實主義的路線。他的文學思考，始終貼近這種社會演化的軌跡而延伸擴張。

熟悉台灣文學生態的履彊，不可能不知道文壇流行的風氣與時尚。同輩與後輩作家耽溺後設小說的實驗，並浸淫在各種西方文學理論風潮之際，他未嘗稍改其寫實主義精神。然而，他又不是僵化的、窄化的本土文學論。他與本土作家最大歧異之處，就在於他能夠超越本土的立場來反襯本土。他保持活潑的想像力，同時又密切注視著台灣社會的變與不變。就變的層面來看，他已意識到整個社會風氣越來越向功利傾斜。就不變的層面來看，他似乎相信如此劇烈起伏的社會仍然還保存著救贖的力量。變與不變的兩種思維，構成了他小說世界裡的緊張力量。

他對寫實主義所持的信念，顯然與自己的生命經驗牢牢銜接在一起。他出生並成長於雲林褒忠，從小就已熟悉農民的生活。縱然後來定居於台北，城市文化並未淡化他對故鄉的情感。農村是他的精神原鄉，也是他的世界觀與價值觀的依據。但是，他也不是自囚於鄉土的牢籠。早期在「三三集刊」的經驗，也使他有過中國禮樂的嚮往與薰陶。也許，履彊不再提起這個階段的成長過程。不過，「三三集刊」在那段時期正好站在鄉土文學運動的對立面，履彊可能因此而能夠擁抱鄉土，卻又不偏執於鄉土。這種辯證式的思想洗禮，使他常常能夠抱持較爲寬厚的態度來看待台灣土地上發生的一切事物。

履彊文學的另一重要特色，建基在他長期的軍旅生涯經驗之上。在他小說裡，常常出現老兵與榮民的形象。他總是能夠從外省老兵的立場來建構歷史記憶與社會經驗。在他之前，早逝的作家鍾延豪曾經完成一部《金排附》，也是敘述老兵在台灣的漂泊生活。不過履彊是職業軍人出身，對老兵的心情與表情有過密切的觀察並體會。

對於變動不居的台灣社會，履彊固然是堅守著寫實主義的路線，但他並不遵循傳統的反映論(reflection)，而是採取再呈現(representation)的方式來描繪社會現象的轉折。最能表現這種傾向的莫過於《天機》所收的兩篇小說〈天機〉與〈某年某月第七日〉。前者在於批判現代化的社會仍然停留在迷信的階段，尤其是批判利用迷信而墜入賭博狂潮的畸形現象。後者則是從老兵的眼睛，透視台灣社會上升與下降的兩種力量，並凸顯出兩岸婚姻的歷史悲劇。幾乎可以說，履彊在文壇登場以後的人文關懷，都可在這兩篇小說找到具體的線索。

隨著資本主義的高度發展，台灣農村已不可能保有傳統淳樸的風氣。〈天機〉這篇小說揭露了民風的日益惡化，無論是知識分子如教育界的校長與教師，或農村裡的匹夫匹婦，都捲入了投注六合彩的漩渦裡。即使經歷了天災人禍，農村裡的怪力亂神仍然是支配人心的主導力量。諷刺的是，所謂天機並非是來自鬼神，而是來自邪惡的人心。竭盡心機進行誑騙、欺壓，卻以神的名義而取得合法性，正是現階段賭博習氣的典型寫照。履彊的小說顯然是在喟嘆，台灣的傳統文化已經不能抗拒功利主義的沖刷。

在敘事技巧上，履彊從未訴諸華麗的文字，也未依賴濃稠的故事密度。他總是讓文字以最簡單的形式慢慢暈開，然後渲染出人物的性格與故事的輪廓。他酷嗜使用素描的方式，線條拙樸，卻頗能營造氣氛。彷彿是互不相干的圖像，隱隱中是相互對應、相互連接，而構成了完整的敘述。在風格上，他毋寧是較接近鄭清文的小說。不過，鄭清文側重在情緒與感覺的挖掘，而履彊則偏愛外在事物的觀察。他們都不憚使用透明、淺白、平淡的語言，甚至俚語、方言都可寫入小說之中。較值得注意的是，鄭清文往往只是一篇小說處理一個故事，履彊較勇於把多重的故事匯集在一篇小說裡。

〈某年某月第七日〉便是從一位老人的眼中看到的多重世界。這篇小說有三條主軸，一是老人的身世，一是他的兒媳們的浮世繪，一是兩位叛逆青年男女的故事。小說的發展既怪誕又合理，相當完整地鋪陳老人從病到死的故事。老人因兒媳「不孝」而離家出走，在群眾運動中巧遇叛逆的原住民阿德及其女友。跟隨這對男女回到部落之後，老人竟然病逝。這位老人的幽魂，回顧自己的一生，而戀戀不忘者是他生命中的妻子，一位早逝的卻爲他創造再生的台灣女性。

這篇小說讀來像極一首老兵的輓歌，然而其中流淌的溫暖記憶，道出了他的挫折與憧憬。尤其在族群互動的議題上，老人的開闊胸懷，似乎也暗示了履彊長期不懈的關懷。正如在稍早的其他作品顯示的，他有意強調這個島嶼的命運必須由各個族群一起來承擔。履彊最爲細膩之處，便是體認到台灣文化的主體絕對不是單一的、特定的族群所能壟斷。漢人中心論或福佬中心論，都只會帶來文化的傷害與內耗。他的小說不斷指出，台灣文化的內容係由多種族群傳統與歷史記憶所構成。族群與族群之間的差異，並不構成彼此的優劣。台灣社會逐步朝向開放、開明、開朗的境界邁進之際，所有島上的各種文化記憶都應該得到恰當的尊重。

從最早的《鑼鼓歌》、《楊桃樹》出發，履彊就已致力於對「鄉土」、「本土」的重新命名。他從未輕易高舉庸俗的鄉土文學的旗幟，然而，在表達土地的情感上卻極爲誠摯深刻。對他而言，鄉土的內容是一種加法，而不是減法。任何族群來到這塊土地，都不約而同注入了情感。履彊所珍惜的，便是這些不同的情感鑄成了磅礴的鄉土之愛。他寫出的福佬人、客家人、外省人、原住民，都各自有其傷痛與歡愉，卻都是台灣文化主體的重要構成因素。履彊不畏後現代主義浪潮的衝擊，仍然信奉七〇年代以降寫實主義的信念。變動的是，整個社會價值觀念不斷在調整更易；不變的是，履彊始終以寫實文學兑現他對這個島嶼的承諾。

（本文作者爲政大中文系教授）

末世預言與反共寓言

復歷

一九九九年九月二十一日凌晨一時四十七分，台灣發生驚駭全世界的大地震。地震剎那，我才泡好的一杯濃茶，在劇烈的搖晃中傾倒，杯子摔破在地板上，但整杯烏龍茶汁全潑灑在書桌上，也湮濕了鋪排在桌上的稿紙、參考資料。

當時，我正在挑燈夜戰，撰寫一篇有關台海安全的論文。

窗外原本天光隱約，霎時，彷彿鋪天蓋地的漆黑，一下子澆灌下來。燈滅燈熄，不規則地，間接傳來似遠似近的淒風鬼叫，雷轟電掣。

接著是狂嘯怒吼，或者是低吟暗泣。

我未及收拾地上的茶杯碎片，也顧不得桌面的殘稿，立即扶著牆面走出書房。家人已驚醒、驚叫，我出聲呼應他們，故作沉穩，並即摸黑找出幾已棄置的手電筒，藉著昏黃餘光再找到蠟燭，但燭光搖曳，餘震並不比主震輕微，好似天神吵架醉酒一般，左右搖，上下顛簸，一不小心就令人跌倒。

我與家人走出屋外，黑暗中的社區公園人聲鼎沸。

天亮，接到第一通手機電話，一位軍事記者問我，中國是否會趁機攻台；收音機已播出慘重的災情，我心沉重，雖然不擔心老共莽撞，但卻仍有末世的惆悵。

大地震撕開大地，埔里、東勢、豐原、斗六、古坑、草湖等地震帶的地形在巨大的物理位移動能中，移山塡海，蔚爲奇觀，驚心動魄！

翌日，全島陷入災後的慌亂，救援行動正全力展開。

然後，我接到一位久別、並不熟識的文壇前輩寄來的印刷品包裹，裡面居然是我多年前在報上發表的一個中篇剪報影稿，小說原名是〈顫抖的大地〉，發表時改爲〈天機〉。這位文壇大老曾指導過許多台灣文學系所的學生，很榮幸地，他也把我的作品列入課堂教材，並作爲學生碩士論文的主題，這是我在創作生涯中一項小小的虛榮，比諸獲取文學獎，尤其令我歡喜。但令我慚愧的是，近年來我的小說創作幾已停頓，過去，我是文學副刊、雜誌最準時、最配合的寫手，每年至少一至二本的小說或散文集，雖非暢銷，卻能保持某種光熱。

剪報影稿中，這位文壇前輩用紅筆圈畫小說中有關車禍、颱風、地震的情節，他在信中的筆跡有些微的傾斜，顯然，他執筆的手並不穩定，甚至是顫抖的，他在剪報上方的眉批是：

天機，末世的預言，死亡的異象啊——

我彷彿看到作家驚惶的眼神，聽到他張開的嘴巴顫抖地發出「啊」的哀鳴。他在信中說，他曾經以「小說家的預言」爲題，向學生解讀這篇以農村「大家樂」爲題材的中篇小說〈天機〉，他提到葉石濤與龍應台兩位作家在一次文學獎評審會中對這篇小說的正面評價，並鼓勵我立即出版，尤其在九二一大地震後，這篇〈顫抖的大地〉必然可以引起讀者的共鳴。

其後，我和這位前輩作家陸續通信，我可以感受到他對台灣這塊土地、這個社會，深刻的愛與痛，他對失落的台灣人文價值，有著接近絕望的憂傷，他甚至以「無用的文學」、「沉淪的文化」來形容他的感受；我猶記得，當台灣因政黨輪替而陷入慘烈的政治鬥爭時，他當著我的面落淚、捶桌的情景。他不稍掩飾對曾經製造白色恐怖的政黨、政客的痛恨，有一次還大罵「無用的台灣人」。

不久後，我在「歷史的偶然」中涉足政治，參與一個新興政黨的創立與選舉活動，這位文壇前輩似乎因而獲得莫大的鼓舞，除了參與後援會外，並壓榨他自己及兒女、親戚朋友們的積蓄、零用，毫不吝惜地用不同的名字捐獻給此一新興政黨他心儀的候選人。當選舉結果揭曉後，他立即打電話給我，慷慨激昂地陳述他的期待和對我的讚賞。

政治的場域，於我，其實只是政黨輪替後權力惡鬥下的偶然，小小正義感的激情使然，這位前輩對我的讚賞，並未使我對政治產生虛榮的妄想，因爲，在是非利害的競逐與口水戰中，政治一點都不浪漫，一點都不「大家樂」，反而是製造仇恨、私偏欺疑醜陋人性的加工廠，也因此，權位的大小固然可以吸納不同顏色的光芒，但那是虛無的幻聽、幻影罷了。於是，我在選戰之後，瀟灑揮手自茲去，雖未遠離政治，但卻少了霓虹、鎂光與掌聲，少了手與手之間所傳遞的光熱、眞誠，或者鬥爭的角力與虛僞。我回到未竟的國防政策動態研究領域，也回到文學的田畝中，開始大量閱讀，並逐步恢復文學創作。

此時，我回頭檢視原名〈顫抖的大地〉的中篇〈天機〉，以及另一篇〈某年某月第七日〉，我認眞地思考將這兩篇小說出版的可能與必要。

文學或小說其實不必有太多的「文以載道」，載不載道是作者的主觀，也是讀者客觀的閱聽感受，如果讀小說有若讀教條八股，那豈不痛苦萬分？這也正是我當初選擇以寫實的、輕鬆嘲諷的手法創作〈顫抖的大地〉的緣由，我不否認，情節中的韋恩颱風、強烈地震，隱含著我對當時台灣社會的某種譴責，沒想到這樣的手法，竟巧合地在九二一映現了。

〈某年某月第七日〉的故事、寫作手法，與〈天機〉相較，應是不同的呈現，後者是台灣社會的鄉土剪影，前者則爲大時代歷史恩怨的魔幻寫實；平心而論，後者的創作心情是凝重的、憂愁的，前者則是意在言外，隱藏著「不可承受之重」的控訴，與對歷史、對時代的喟嘆。

重讀〈某年某月第七日〉時，發現故事主人翁反共義士馬振，有一種令人流淚的諷刺與悲劇性格；曾經，「反共義士」的頭銜金光閃閃，身價非凡，而今而時，「反共義士」竟只能在偷渡客收容所「靖廬」面壁思過，數饅頭等著被遣返中國大陸了。因爲，「反共」已成爲歷史的餘燼，過去的時代裡，憑著「反共」升官發財，藉著「反共」掌握權力，甚至予取予求生殺大權的高官政閥，如今，易反共而媚共者比比皆是，昨是今非，這樣的「反共」，這樣的時代，寧不令人愕然、憤然？

就讓〈某年某月第七日〉，成爲大時代的反共寓言吧，讓讀者從反共義士馬振身上，咀嚼一下「反共年代」的未竟殘餘。也許，讀者可能啞然失笑，可能錯愕半天，也可能恍然大悟，哦！原來「反共」是如此地「反諷」，如此地魔幻，如此地後現代啊！

然而，請不要誤解，我無意因反共義士馬振一生的故事，他和妻子、兒媳、孫兒們的愛恨情仇，所展現出來對「反共」的嘲諷，而貶抑歷史恩怨下小人物的人性；在「反共」的大纛下，馬振的卑微、粗暴，對台灣妻子、台灣社會和土地的認同，以及他對「祖國大陸」割捨不斷的恩怨，所交會而成的時代的、族群的剪影，何嘗不是大時代的縮影？我不得不承認，那也是我在創作這篇小說時，隱藏在澎湃心內底層的企圖。這也是一個小說創作者，卑微的「載道」之思吧！

如今，這兩個壓箱多年的中篇，在些許的修潤後終於出版，雖然是舊作，但畢竟是我回歸文學的一種宣告，而上述的心路歷程，或可視爲我對小說的懺情錄，至少也可證明五十之年的我，沒有對文學、對讀者、對這個時代、這個家國之島交白卷了。

天機

一、仲夏夢魘

喊唱的喧呶，透露出夏日的不安、興奮，以及對燠熱溫度的難耐。

一陣著急而劇烈的顫抖，那赤身的一目阿樹，喉嚨哦哦地響起來，僅餘的左眼，已經沉入醉眠的黑簾裡。圍觀的人群，被烏木桌上裊裊的檀香煙塵所溢射出來的濃厚沉香氣味，薰得一臉肅穆。大埕前的蟬聲取代了適才的喧譁。池內的蓮花，端立在無波的水中。

一目阿樹的喉嚨彷彿藏著什麼可供回味的東西，嚥著、咕嚕著，像難以下嚥，又像不忍吞落似地，調皮的孩子們，也學著他咿咿哦哦地吟叫著。

那抖動教人眼睛緊張。一目阿樹全身的每寸皮膚劇烈而持續地顫著，十分、百分、萬分地快。坐在長條木凳上，懸著腿的村人，似乎也被傳染了，捲撩起褲管的小腿，也有意無意地抖著。

阿樹忽然長嘆一聲——啊！

他衝向身前一步距離的供桌，準確無比地抓起乩轎右邊的支腳。待在一旁的火龍，立即敏捷地欺身，抓起左邊的腳架，隨著一目阿樹肢體的躍動，也跟著抖起來。乩轎上的木條，開始發出極快速，ㄑ一恰！ㄑ一恰！ㄑ一恰的節奏。ㄑ一恰！ㄑ一恰！把人的心提起又放下，提起又放下，ㄑ一恰！ㄑ一恰……

有人燃香在廳中肅立，接著一朵朵火星，熠爍在一把一把的香炷上，善男信女們紛紛跪匍下去，嘴裡發著模糊的喃呢，臉上無限虔誠、無辜，把一切都託付給端坐在烏木桌上的黑面千歲。

乩轎晃動著、晃動著，眾人的眼睛瞪得大大的。乩轎抖動的節奏加快、加快。抓著乩轎腳架的火龍，兩手暴著青筋，一臉的汗，胸前早也濕了一片，他的腳步因乩轎上下引動的力量，而有些顛躓，巨大的腳掌在地上沙沙地摩擦著，他必須配合一目阿樹的步伐，小心地移動著，否則便有被摔倒的可能，他是有才村最好的「轎腳」。

乩轎突以一種拋的弧度向上騰起，要將抓握住支架的一目阿樹和火龍帶離地面似地。忽然，猛然被一股巨大的力量吸引住，在空中停頓一瞬，然後，重重地跌落下來，用鐵皮包住的乩筆，在鋪著米糠的桌板上，寫下第一個字「||」，意思是「千歲駕臨」，太重的力勢，令人肅然而驚；駭嘆今日的千歲脾氣眞大，聽說是唐代當朝的第一武將，神威顯赫；好不容易才呼請應駕的，如有人稍存不敬之心，千歲爺便即離乩轎回坐天殿，任信徒再三央四求也絕不開示天機。

半坐半立在桌盤左側，專司翻譯諸神旨意的桀仙，此刻正以儒雅的風範，不疾不徐地點著花白的頭，對著附乩的千歲爺說：「請千歲開示！」

乩轎停筆上揚，再度ㄑ一恰ㄑ一恰地抖起來，恭立一旁的阿南伯忙用香炷，將適才被乩筆寫散的米糠撫平。

顯然千歲爺對信眾們的誠心有所感應，乩轎的晃動不再那麼凶猛。

「好，來——」榮仙再度央請。

乩筆應聲垂直落下。

唬唬唬唬地畫著，一團奇怪的符號，只有榮仙可以看出端倪，圍觀的人卻也忙著把頭湊近桌板。

榮仙面露微笑，看讀：「笑！」

乩筆再度畫著。

「緣！」

「空！」

「忘？」榮仙鼻梁上的眼鏡幾乎跌落下來，他忙扶正問道：「敢是『忘』字？」

「請再寫一遍！」榮仙溫文地說，一邊揮手叫圍觀的人勿擾亂伊的視線。

乩轎離開桌板，又抖著。

千歲似生氣，乩筆又重重一敲。畫得更快。

「喔！是『妄』字，對啦！是妄。」榮仙看了看眾人熱切的臉，邊譯邊替大家央求：「財是緣，有緣可得，無緣成空，苦求也是妄；千歲的旨意，信徒皆了然。是不是可以請千歲您出示一個數字，好讓大家皆成有緣人？」

眾人緊繃的臉，有了笑意。榮仙不愧是遠近十八莊頭，大家公認的老仙角，大大小小的神和他全有交情，只要伊出馬，神的旨意少有不明的。

榮仙微抬頭，對四周的人說：「有紙筆的人，快依樣寫下。」

果眞，乩筆落下，一陣揮灑，疾急狂草「8、7」。

之後，乩轎猛向後跳去，扶乩的一目阿樹，喉嚨又哦哦叫著，一陣抽搐，像垂死的人，忽然掙扎了一下，便頹然後退。木旺和阿三忙扶抱住他的腰，讓他坐在有背的椅子上。然後，用淨水灑在他的眼皮上。一目阿樹的眼睛張開，眼角一滴目油和一粒不小的黃眼屎，有人忙遞過毛巾。

喧譁，熱，興奮，再度把空氣裡的溫度升高。人們走出廟殿，傳遞著一種高昂的亢奮。

榮仙才回到家，正想替被鍊在木瓜樹下的黑毛狗來西洗個澡，門口一下子湧進十幾個人。黑毛狗凶惡地吠叫起來，榮仙忙蹲下輕撫著牠的背。

榮嬸忙著泡茶招呼客人。因爲客人多多少少帶了些禮來。

榮仙搖頭：「神的事，要如何言起？」

大夥卻對上回的號碼津津樂道。

王爺公開示「『不三不四』，呵！您解爲『二五』，哈果然啊！」賣豬肉的木旺，一口檳榔牙：「仙仔，準啊！」

「是你運氣好。」榮仔說：「這款代誌，我實在不願去湊。」

木旺和眾人連連陪笑，「仙仔，救人救世啊！頂回蕭府王爺一句不三不四，救了多少人，咱莊內大大小小只要押了二五的，誰不對您感恩不盡啊！」

「唉！這回，要不是看大家輸得要當褲底，我才不湊呢！但是啊一切要看有無福緣。」榮仔悠悠地說：「我若自己想發財，我就不會明言嘍，但是，我講過，今日是最後一回，後一遍，你們也別找我。」

「是啦！是啦！」菜市場掃垃圾，一日賺五十的羅漢腳仔順，抽著長壽菸：「只要這一遍。」他臉上溢著希望的光彩：「上回，託榮伯仔你的福氣，我小小中了二支，本小利少，雖然才幾千元，我也歡喜得睏都會笑醒哩！」他忍不住搓著手，十隻指頭按得劈叭響。

「你喔！」木旺一記金剛指朝他額前敲下去：「嘜擱去卡餿間（娼院），免得墨衰，說不定，這回你就可以得一擔大的，讓你娶個水某，做夥看中秋月娘呢！」

眾人笑起來。

「言歸正傳，言歸正傳，仙仔，拜託，拜託！」農藥行頭家、鄉民代表王金山抱著拳，習慣性的動作：「下一遍，我們也不敢再來勞煩你啦！這次，這次，務必請仙仔開金口。」

「在廟裡，我都講了啊！」榮仙說：「蕭府千歲這麼開示，我也沒暗卡，一筆一畫全然明言啊！」

「不過，仙仔，你最後幾句『神鬼弄人，人弄神鬼，有準無準，全看福緣』喔！叫大家心慌哩！」王金山說：「蕭府千歲的個性你上知，伊敢會戲弄人？」

榮仙哈哈大笑：「你們把我當古人啦！」他說：「實在講，我做了三四十冬的『桌頭』，從未想過神也會參加人間的『大家落』，會預卜中獎號碼，哈哈，所以，我想無，想無啊……」

那清木一臉笑：「那知有今日，早就請眾神一期一期開示，也免得做息，汗澇滴，無彩氣力。」

「是啊！」榮仙說：「這——不是神應該湊的代誌。」

「哎喲！咱莊的廟靈聖得東西南北隴知，香客漸漸多，金爐的火沒有熄過。『大家落』以前，別的所在，大小間廟隴總興起來，咱莊的卻一直沉落去，沒人敢出聲，好加在主席和我卜過金筊，連連三杯，眾神答應開始出示明牌，喏！不是興旺起來了嗎？」王金山不忘表功，使得眾人的眼光充滿感激。他把「樂」念成「落」。

「也不是每期隴準，聽說雄仔差一點趴倒。」有人說：「輸慘慘！」

「那是伊無福氣。」

「好加在，一支不三不四的二五籤，讓他還了魂。」

眾人又一陣哄勸，無非是要榮仙詳加解釋八七。雖然在廟裡他已釋過，大家卻仍祈求這兩字的新義。

「是八還是五？都像！」

「是七或是九？都可能！」

「或是二字加起來，八加七，十五。五加七，十二。八加九，十七。五加九，十四。或是五七？或是八七？還是……」

於是，一組一組不同的數字出現了。

「攏總買就有希望！」榮仙沒好氣的，他就是不願詳釋「八七」的字形。

「到底是什麼？」羅漢腳仔順皺著眉，盤算自己沒有資本買那麼多支，只好低頭走出榮仙家的大門。

隔日，一大早，早起賣碗粿的阿英嫂，便把一大早所見宣了出去。那羅漢腳仔順趕緊丟了掃帚，三步併兩步去告知莊內的英雄好漢。

「聽到這，卵芭會捏破。」王金山頹頹地躺在藤椅裡。

「死了了啊！」豬肉木旺切肉的手也失去力氣。

那火龍跟了榮仙十多年，自稱是伊學生，只一逕搔著頭：「敢會？敢會？這樣的人！」

一目阿樹一臉沉沉的笑，似乎早就對榮仙不滿，他說：「難料啊！難料啊！」

和榮仙相交一輩子的阿南伯，提議北上去尋榮仙，問個明白。

他說：「師仔，神祕神祕，我那知伊……」

有人說，榮仙一定得了天機，跑去台北告訴伊後生啦！

街上販魚的阿三，拍著胸脯保證，榮仙的兩個後生也在台北玩大家樂，特尾一支接一支中，一定是榮仙通報的結果。

「那不孝的死囝仔。」阿南伯罵道：「榮仔去投靠他們，等於去投淡水河。」

他們說，榮仙的後生，前幾年除了逼老爸賣田及厝地時不時返來外，這幾年玩大家樂，發財了，再也沒見到鬼影子。

幾個年長的嬸仔、婆仔也說，榮嬸滿腹怨嘆，生兒身不能生兒心，兒子的心早被媳婦吞落肚了。

有人同情榮仙這幾年的遭遇，若非保有幾分田，伊老尪某要靠什麼度日？

「煙幕啊！」王代表擊桌，像發現了選戰的新情報，肯定榮仔所作所爲皆是煙幕。

「人心難測啊！」大家的結論充滿無奈。

又有人說：「難講，萬一，榮仙未欺瞞我們，那不是枉屈了他？」

「不管如何，還是不要得罪他。」主席蔡秀雄在代表會前，對著閒聊的代表們說：「伊是個吃神頭路的老人，不能不防著他。」

「主席是說，他可能用神力來報復我們對他的不利？」王金山問著，又自己找到答案：「哎呀！是啊！伊總是神祕神祕的，講的話也是奇中奇，聽說，伊和大大小小的神都有交陪，十八莊頭的廟，他都親像行灶腳，每尊神的生辰祭日、官職功勳，都記得一清二楚，只有他當桌頭，神才會應駕。」

下午，總是比較沉悶。

宣讀鄉公所年度預算書的祕書，看著低頭垂目的代表先生們，感到有些好笑，便加快朗讀的速度，並且在「反對或有意見的請舉手」無人發言、無人舉手的情況下，全數通過了。

代表會什麼時候結束，沒有人知道。會議桌上有幾杯茶倒了，漬濕了薄薄的打字資料。

鄉公所裡，職員們不約而同地提早下班，便顯得冷冷清清的。唯一的聲音，是廣場中央的旗杆上未綁緊的繩索，被風一吹，晃噹晃噹地擊打著有些鏽蝕的鐵杆。

至於菜市場，只有一兩隻野狗，跳上魚肉攤桌上，有氣無力地伸出熱燙的舌頭舔著剩餘的腥味。

人人都在燠熱的室內等待。

陽光裡，似有一層迷濛的水氣。

樹上的蟬，依然聒噪地叫著。

偶然經過街道的客運車，搖頭晃腦地轉個彎，過站也不停，就又馳向鋪著樹影的公路。

遙遠的那端，終於傳來急切的聲音。所有的電話都占了線。鈴聲清脆、短暫。

然後，有才村陷入憤怒、頹喪裡。

走出屋子的人們，個個像無力的鬼魂，任由空氣浮動著。

榮仙的厝，被人潑了牛糞。連那隻黑毛狗來西，也被人家的石頭丟得ㄍㄞㄍㄞ叫。

眾人重新考慮是否要北上去尋找榮仙和伊的後生。

「算賬！」木旺掄起屠刀，在空蕩的砧板上切擊著。

「如果伊後生中了，看我怎麼剁他那副妖道骨頭。」

夜裡，有才村的「萬聖宮」，被人潛入，偷了幾面金牌，最大的那尊神像，竟然被丟在金爐裡，錦繡綢衣都被餘燼燒了個大洞。

更令眾人吃驚的是，榮仔的大後生江義生居然趕回村裡，並且四處尋找伊的雙親。最後，還向分駐所報了案。

警察在屋內逡巡了一番，沒有發現什麼線索。

「煙幕！」王代表這麼告訴眾人。

敏捷的青年文源，憑藉在軍中三年參加演習，幹搜索兵的經驗，很快地咬住江義生的行蹤。

江義生翻遍了家中所有的抽屜、角落。

江義生夜宿十二公里外的虎尾鎮彩宮旅社，他的女人和小孩在那裡焦急地等待他。有才村的人都知道，他結婚後，從不帶妻兒回家住宿，原因是他的妻兒只要一回到老屋，便患著極嚴重的便祕。

青年文源還看到江義生打了一通長途電話，並且聽到他對著話筒說了一句十分清楚的話「什麼也沒有，查埔老（父）、查某老（母）也無見人影。」

「一個家賊！」牽豬哥的雄仔說：「該通知李主管抓住他的。」

江義生果眞給帶進分駐所，很快地移送到分局，他狂亂地對著警察吼叫著。

分駐所的李主管是忙壞了。誰想到火龍那個人會被亂刀砍死，巧合的是江義生突然返回有才村，而他的汽車裡藏著一把雪亮的武士刀，聽說刀子連夜送台北鑑定去了。至於結果如何，那是上面的事。

這個世界，哦！這個村子到底怎麼回事？

李主管望著紅色的卷宗，思索著這天早上發生的事件。

今晨，旗都還沒升，就被驚天動地的敲門聲吵醒了。外面是昨夜值班、一臉焦急的楊警員，他背後是一群看起來像是暴徒的村民。

廟前的大埕，躺著一具爛糊糊的屍體。經過簡單的判斷，顯然是深夜至凌晨間遇害的。他爲無法驅退圍觀的大人、小孩而懊惱。他們不斷逼近屍體，吱吱喳喳提議要給死者更衣、化妝……死者的家屬哀哀哭得失去主意。現場已經有被移動的跡象。

忽然，有人驚叫。

看啊！０８。

圍觀的村民倏然靜肅下來。

——啊！果眞是０８。

他氣得幾乎要拔槍對空射擊。

死者的形狀，居然叫他們想到數字8

根據調查，前日的大家樂，全村只有許火龍中獎，他領了二十多萬彩金。

調查報告第二頁，上週在「萬聖宮」問神求乩所出示的號碼是８７……

中午的時候，檢察官、法醫來驗屍，把屍體發交家屬埋葬，居然還有人逗留現場，企圖從血流的方向，尋覓下期獎券中獎的天機。

而許火龍又怎麼識得天機的？聽說那失蹤的江榮老先生可能是洩露天機的人……

二、慧眼識英雄

碗粿嫂阿英中大獎的消息，喧騰得遠近十八村莊人盡皆知。她也不再賣碗粿。更令有才村民欽羨的是，她家門口，經常有警察來巡邏。

——好心有好報！

有才村民們這麼稱頌她。

——慧眼識英雄！

有才國民小學的柯老師這麼讚揚她。

木旺嚼著檳榔。像吐了滿口的血，有些後悔、自嘲地怨艾著：「戇神戇神，幹！戇仔也會成神，讓阿英撿到，一仙戇神，替伊賺那呢大椿。」

「你還拏刀駭人咧！」魚仔三笑說：「那戇仔也驚惡人，看到你，就像看到鬼。」

「你也差不多，半斤笑八兩。你還不是拏臭魚要給伊呷，不是阿英阻擋，那白癡眞要吞落肚了。」

羅漢腳仔順提著掃把，橫掃過兩人的攤前。

「喂！孫子，你在划船啊！」水果天助叭哧吐出紅水，指著拿著掃把，無精打采掃著地的順仔。

「吐血，幹！」

「別一日到晚臭頭臭面，沒福氣就認命，好好掃土腳，做一個乖孫！」阿三朝順仔丟了一把爛菜葉。

「你去死啦！」

「叫你把那白癡帶回家當兄弟，偏不！還招狗咬人家，看不出順仔心肝也染了黑墨水。」木旺說。

「沒像你們生臭膿，幹！豬肉灌水、魚染色。」

順仔自顧朝市場中央掃去。

代表會提案說要表揚阿英，全票通過。

隔幾天，地方版登了阿英和那當街喊她阿母的白癡照片。

人人都知道，阿英多了一個魁梧的白癡兒。

原是一個市街的笑話。那阿英每日見了白癡，總任他一碗接一碗吃個不知飽，見人欺侮他，便氣憤找人理論，伊的正義感連警官也讚嘆。

羅漢腳順招狗咬傷白癡的大腿，血流不住。阿英見了淚流滿面急送他去醫院打破傷風針，還帶他回家。

——是不是白癡讓阿英在某方面得到滿足？

市街的男人不免在伊背後，邪惡地猜臆著。

而從不買大家樂籤號的碗粿嫂，有一天下午，看到白癡蹲在院裡，用手寫著數字，她記下來，靈機一動，便去買籤號，居然每期都中個三兩組。消息是從伊婆婆口中透露出來的。

儘管分駐所李主管三番兩次重申取締「大家樂」的決心，也使得絡繹不絕來訪的村民們稍稍收斂，人們還是利用各種方法，偷偷潛入碗粿嫂家中，守候著白癡仙，仔細觀察他的舉止。

起初，戇仙（人們這麼稱他）見了人就忍不住驚惶，一驚悸就撒尿。只要碗粿嫂在他身邊，他才不會。任人們如何逗引，戇仙兀自空茫的眼神，像一汪死水，沒有任何漣漪。有人說，他只在床上寫，當然能知道、看到的只有阿英了。

那柯老師不死心，趁夜展開家庭訪問。碗粿嫂大女兒在他班上。他有一搭沒一搭地和碗粿嫂聊著，稱讚周素芳如何乖巧，一個從小沒有父親的孩子，在堅強偉大而富有愛心的母親教養下，是全校的模範……戇仙在旁邊傻傻地笑著。柯老師又和阿英女士談到對心智障礙兒童的教學方法等等。

「其實，我什麼都不懂。」阿英謙遜地說：「我只是對他好，做給他看。啊！他進步多麼快，會洗碗、會掃地、會刷牙，只是……」阿英頓了頓，腼腆地說：「他還不太會用廁所，我不知道要怎麼教，伊總是弄得滿地滿壁的。」

「哦！」柯老師靈感一動：「我可以幫助你，林女士。」

chan仙忽然全身顫抖了一下。

碗粿嫂忙溫柔地說：「嘿，不要尿濕呵，慢慢，忍住——」她牽他手：「我們到外面去。」

柯老師喜躍地跳起來：「啊！你不方便，讓我來，讓我來。」

chan仙卻不讓他碰到手，好似一個有潔癖的孩子，怕碰到什麼細菌似地。

「沒關係，沒關係——」

柯老師跟著走向院子，替chan仙解開拉鍊，碗粿嫂別過臉說：「啊！伊會的，到外面伊就會的。」

說時慢那時快，柯老師一聲驚呼，手上一股熱燙的液體淋下去。

chan仙推開他，朝著牆壁任意揮灑著。

「不可以嘢！」碗粿嫂想制止已來不及。

「喔！好！好！眞聰明，連小便都可以寫字，好！好極了。」

待chan仙完成最後的動作，柯老師竟然無懼辛辣的尿騷味。蹲下去，像一個細心的化驗師，藉著自窗口投射出來暈黃淡薄的燈光，察看著圍牆上淋漓的字形，一邊不住地讚嘆著：

「好！好！好！」

此後，柯老師便經常到碗粿嫂家中走動。這事，還在代表會引起討論。爲了表示公平，鄉民代表們也不時到阿英家表示慰問之意。

戇仙不會用廁所的習慣依然。

也不知那個多嘴的，把這事宣了出去。

最熱心的是鄉民代表王金山。他寧願不開店、不開會，也要在阿英家隔壁的一目阿樹家樓上下棋，一邊探望阿英家院子裡的動靜。

由於阿英教導有方，戇仙小便時不再漆漆灑灑，這事很讓王金山懊惱，但他仍不輕言撤退。

隔天，一目阿樹把王金山觀察戇仙大便形狀的事，在廟裡說了出來，眾人喧笑起來。卻也有人說：「天機處處啊！難說，難說。」

「幹！天機處處大小便？」一目阿樹憤憤地說：「神明愛聞臭？這那裡是咱敬神明的態度？天要變了，啊？天要變了。」

天氣眞的有些異樣，陽光異常熾烈，空氣裡有些微火燥的熾熱。村內的田地，乾裂得一條痕、一條痕，稻子漸漸萎黃，甘蔗也是細細瘦瘦的。

這天下午，黃昏的彩霞，異常地鮮豔，粉紅的雲在天邊變幻著。好不容易說動碗粿嫂，讓戇仙到學校遊玩的柯老師，請周素芳陪著白癡仙溜滑梯，自己則在一旁靜靜觀察著。

戇仙似乎十分興奮，玩得一臉的汗。

柯老師捏著手指，像要隱藏什麼似地沉默著。忽然，他指著天邊飛旋的霞雲，叫著：

「漂漂！」

囍仙停止奔跑，被柯老師亢亮的喊叫吸引住。手還指著自己的胸脯。

「漂漂！」柯老師再用複字，像幼稚園的小班保母。

「漂漂！」白癡笑著。

這幻異的黃昏顏色，照映著囍仙油亮的臉，一種醉的光彩。他跑著，跑向西邊沒有林蔭的草地，像要投入瑰麗的夕照裡。

柯老師要周素芳拿著彩色粉筆，在平滑的走廊上畫著簡單的構圖，然後，他自己也蹲下，寫著阿拉伯數字。他特別留心觀察著囍仙。

囍仙有些傻愣的眼睛，眨著眨著，看著他們的寫畫。柯老師的手似乎在抖著。他溫柔慈祥地微笑，臉上肌肉卻僵硬地牽動著，以致顯得七分尷尬。他的手勢、臉色充滿鼓勵、愛，他好似在嘗試扮演碗粿嫂的角色。

囍仙揮動著雙手，奔向前去，抓著紅色粉筆，趴在走廊上，飛快地塗寫著……

123、4567890 1

123、4567891 1……

他一直寫一直寫，順著走廊。

柯老師迅速地掏出筆記本，疾疾地抄下來，抄下來。

這時候，一陣嘈雜從走廊中央噴射出來，一群人，衝過來，革命烈士般地衝過來。

戇仙仍繼續在寫著。

柯老師的筆記本遭人奪下，他張著嘴巴、喘著氣。

眾人也是。

發不出「啊」聲的嘴形。

「我就知，我就知，你這個自私鬼。」王金山瞪著柯老師。

青年文源一臉的得意。他受命跟蹤柯老師，果然圓滿達成任務。

校門外，剎車聲在水泥地上撕裂開來。

穿著西裝的校長和青年裝的主席蔡秀雄，還有家長會長、林阿英女士一齊出現在眾人面前。

「我考慮向督學報告。」校長對著一臉虛白的柯老師惡狠狠地說。

「有你這種人爲人師表！」蔡秀雄主席說：「本會早就在注意你了。」

「你還誇口講你的祕笈眞靈，幹！眞靈？」豬哥雄仔嘟著厚嘴唇，又悲哀又激奮地說：

「一本一千元，喔呵！」

「你欠打，對不？」天助欺身上來，被人架開。

「阮的囝仔交到學校，學校交給你這款欺騙社會的黑心肝——」村長振華拉著校長的手：

「校長啊，你敢知伊的行爲？」

校長一臉苦笑，只是哎哎哎地應著，並且瞪視著柯老師青白的臉。

「全有才村的人都買了你的祕笈，有，有中啊！兩三支，塞嘴孔都無夠。你還一本賣一千，還要我們向別村的人推銷。」王代表說：「本會已經接獲報告，說你在學校做莊，老師、工友一齊來，連學生也偷家長的錢，到學校去玩，還有人跑去宿舍聽你上課，『如何中大家樂』，口才一流，頭殼夭壽奸詐。」

「大家別激動，別激動。」蔡主席揮著手。

「不是激動，伊實在可惡，什麼這是電腦算出來的——」雄仔從口袋掏出一本薄薄的冊子：「電腦，幹，害我三更半暝還在暗念，我讀冊也無這麼辛苦。」

「電腦！我看，我看是豬腦呵，你好像搬布袋戲的黃俊雄，孫悟空搬仙搬去天庭鬥玉皇大帝……」

大夥愈說愈激動。

「陰謀！」柯老師突然吼叫起來：「陰謀！」

「爲什麼只敢講我？」他指著校長：「他沒有嗎？」

柯老師欺身向前，要拎校長的領口，被人架開了。

「校長和他女兒當莊，全校老師誰不買帳？只有我敢！爲什麼他可以，我不可以，這是什麼世界？這是什麼世界？」柯老師被拖到一邊。

「誤會啊！」校長擦著臉上的汗。

「不像話，敢侮辱校長。」蔡主席打著哈哈：「年輕人，不懂事，哎！」

眾人沿著走廊，以搜索的嚴肅、祕密、興奮的表情，在殘餘的晚霞光塵中，一步步看著戆仙龍飛鳳舞的字形。

戆仙居然能夠從1寫到99。

「啊！你眞棒！眞棒！」

碗粿嫂執著他的手，雀躍著，擦著他滴落下頦的汗珠。

「我就知道，你頂巧，頂巧的！」

眾人責怪著柯老師，鬨叫著要揍他。

「看嘛！看嘛！從一到九九，大家樂，熱啊！燙啊！」

「隴是伊，自作聰明，什麼老師，天字第一號大自私大白癡……」喧呶著，忽然一陣噗噗噗摩托車聲緊緊逼近。黑白相間的警用摩托車馳進校區，李主管和警員們口含銀色的哨子，一副準備掏槍的牛仔姿態。

趁著蔡主席、校長等人和李主管談話，眾人相繼從各個小門溜走了。

「沒事沒事！」蔡主席臉上堆著誠懇的笑。

「傷腦筋，這個大家樂，上級不斷下命令，我們，唉，難啊！」李主管苦苦地說：「取締，怎麼搞啊？」

「是啊！是啊！」王金山說：「我們身爲民意代表，也不斷利用各種機會在教育我們的選民，可是啊！難唷！只好隨時注意選民動態，在緊要的時候，疏解一下，疏解一下。」

「慚愧，還勞駕代表先生們，而且到得比我們快。」李主管說：「辛苦了，辛苦了！」大夥邊走邊談著。

「他總有好起來的一天。」阿英高興又感傷地說。

「哎，我們也登過公報，還在電台廣播過，就是沒有人來認領。」李主管說：「眞難爲你了林女士。」

「如眞有人來領走他，我還眞捨不得呢！」

哈哈哈哈……

王金山曖昧地笑起來，隨即掩飾自己的失態，忙說：「這個囝仔緣投緣投，看不出是白癡哩！」

「他不是白癡——照這個筆跡看來，各位看——」校長指著地上的數字：「他可能受過高等教育。」

「是啊！是啊！」阿英說：「他在作夢時，黑白念，念一大套，不是國語，也不是台語，親相英國話咧！」

「伊會不會是個受過刺激的年輕人？」蔡主席說：「看起來，也有二三十歲左右喔！」他看了看阿英。

「如果，不是感情刺激，就是聯考失敗的刺激。少年人總是好勝的，難免會承受不住失敗。」校長說。

「嗯！也許也許！」會長附和著。

戇仙和碗粿嫂大女兒周素芳走在一起，像個乖順的幼兒，由素芳牽著手，一步一步走。

「如果伊正常不知有多好。」阿英感嘆著：「這麼好的人，前世造的什麼孽？」

「嘿嘿！」王金山邪邪地淺笑：「阿英啊你要多念念阿彌陀佛，如果啊戇仙伊忽然正常起來，可要小心啊！你母女倆，畢竟是女流啊！」

阿英白了他一眼，回句：「王代表最關心伊啦！經常和柯老師在注意伊的屎尿哩！」

大夥一陣哈哈。

走廊那頭，那柯老師猶白著臉喘著氣。

三、抓猴唷！

凌晨，木旺家熱鬧極了。然後，移師分駐所。

李主管親率所屬以及木旺、文源等人，展開初步偵訊。

案情是否如木旺鄰居所描述的，抑或有加減，也不得而知。

木旺的妻和魚販阿三有染，早已在市街上傳開，除了壞脾氣的木旺，沒有人不知道的。

有人看到阿三偕著木旺的妻在暗巷中相攬，還有人看到他們從北鎮的小旅社裡走出來。

人家都說，木旺活該。他不該去廝纏那吃素念佛的碗粿嫂，壞了人家十多年的名節。終於輪到自己。

昨晚，木旺還和阿三、阿雄在店仔頭，喝著米酒、啃著鴨脖子，互相慶祝中了小小的幾支，相約下期好好殺個一百支，要輸就輸脫褲男，過癮，如中了，那就吃不了，用不了，一字——爽！

沒想到才過了幾個小時，阿三和木旺就要相殺了。

而這事，木旺是早已心裡有數了。他故意在昨晚裝得醉糊糊，一回到家，就栽到灶腳的柴堆間，呼嚕呼嚕地「睡」，準備「抓猴」（捉姦）。

事情就是這樣啦！

那偵探般的文源，是這事件的功臣。他在緊要關頭，以電光石火的速度拍下歷史的鏡頭，掌握了木旺女人月雲和阿三之間的重要證據。雖然，閃亮的鎂光燈使得阿三機警地跳脫出木旺家的籬門，豈料，木旺早已持著鐵鍊在那裡等候。木旺和阿三原是村中宋江陣的腳手，二人相交的時日，得從流鼻涕脫褲男的年歲算起。沒想到竟發生這等事。

在分駐所裡，阿三說伊是民防隊員，有責任夜巡村里，而穿短褲、裸赤上身是有才村每個大小男人的習慣。那木旺的女人月雲也否認文源的證詞：她都是利用木旺透早上屠場之後的時間，和阿三在木旺的床上幽會。她說：「木旺不在家的時間，又不限定在早上一二點，他也常徹夜不回啊！」木旺一巴掌虎過去，月雲機靈地閃開。

「沒有證據，你們敢拘我？」阿三憤憤地說：「誰有親眼看見我和月雲在……」

青年文源緊抓著相機，他似深呼吸又似喘大氣，靜靜地聽著嘈雜的筆錄問答。木旺一臉火燙，他堅持告訴。李主管決定去現場搜查更明確的證據。由於手續的關係，檢察官上班時因車子擠，致遲到了幾分鐘。等到一切辦妥，從法院拏到必備的文件，來到有才村時已經近午。

檢察官的車子，在分駐所停下，傳訊了證人、被害人。那文源相機裡的底片，不知怎地沖洗出來竟是一片茫茫，沒有證詞中的赤裸相攬的人影。原來底片沒有捲好，眾人一片譁然。檢察官瞪了文源一眼，輕叱：「亂來！」

有才村小小街市，有閒無閒的人，聚成一隊遊行的行列，人們一臉興奮，傳述著：檢察官要來主持現場表演喔！

現場早已封鎖。有關人員小心地在裡面採證、照相，外面圍觀的人們譁譁地談這論那和做種種的猜測。

年輕的檢察官皺著眉。

現場的眠床一片凌亂，是經過一番戰事的殘象，卻沒有明顯的證據可尋。

蒐證人員向檢察官報告，床單上幾枚模糊暈濁的水印，聚著一團褐色的螞蟻，螞蟻占據床單，並且沿著床邊的牆向上攀爬。螞蟻細細小小的，近視的檢察官恍然大悟似地，面露一絲笑意，立即吩咐，把床單撤下帶回。他想，化驗上面的分泌物，也許有助案情。

圍觀的人們在屋外，忍不住踮腳觀看裡面的情景，見檢察官帶著蒐證人員很快離去，不免失望，卻不願散去。有人自告奮勇，像鼻子靈敏的狗，爬到床下，想撿衛生紙。有人翻動床頭櫃，企圖發現新大陸。

文源愣愣地站在門口，任由木旺責罵；怎麼糊塗到這般地步，相機裡的底片沒裝好，吃屎啦！想吃屎啦……

羅漢腳仔順一臉同情，並且罵那阿三不是人，發誓要找他麻煩，替木旺出氣。

鄉民代表王金山從走廊被擁進木旺臥房，勸慰著他，不要太衝動……他忽然中了邪魔般，定定瞪視著牆壁，受了極大的驚嚇，定定愣愣地不出聲。約過了幾秒鐘，王金山癡癡地微微笑，喉嚨輕響，哦！哦！比一目阿樹扶乩時的顫抖還抖，只是他是猛點頭，不像阿樹是全身都抖。

哦！哦！好！好！

王金山對著牆壁點頭，顫聲稱好。

好不容易伊回過魂來。

木旺被他摟住脖子，他腥臊的口臭附在木旺耳邊：「看啊！看啊！」

木旺順著伊的手勢，看到壁上黑褐的蟻行，那細細密密緩緩移行的痕跡，隱約兩個≋≋的符號。他立即會意。王金山幾乎吻到他的腮幫，溫柔細聲：「三三，是喔？三三是喔？贊！贊！旺仔兄看到沒？看到沒？」

「啊！啊！啊……」木旺眨著眼，一夜未睏的紅目睛，似要噴出火來。

王金山拉了拉他的衣袖：「別出聲，幹！旺仔，天機！天機！」

木旺乾澀的眼眶，驀地流出水油，他顫聲道：「阮某給人睏了，我做烏龜也是天機，講那無三小四的誚話。」

王金山兩眼賊碌碌地：「看清楚，看清楚！三三！三三！那有這麼巧的，那有這麼巧的！別講那麼大聲，咱二人知就好！」

木旺一拳打在王代表胸上，圍觀的人以爲又有精采的下一章，紛紛擠上前來，七嘴八舌，有的說甭衝動，有的說有話好好轉，有的想出手拉住兩人。沒想到，王金山一臉奸奸的笑，那木旺居然也微微笑起來，他攬住王金山的肩胛，看著亂成一團的床，看著牆壁上移行的蟻群。好似一個戰勝的將軍，正得意地檢閱戰場。

「無事！無事！」王代表揮著手，也是一派接受歡呼的姿態。

「嗯！」木旺匆匆地抱拳：「多謝各位關心！」他是多麼鎮定，多麼地定靜安慮得的沉穩：「可能，可能是誤會。」他說。

四、新聞

文源顫抖的手，把日報上的鉛字抖得糊糊暈暈的。

廟前的大榕樹下，一堆人圍過來，連正在黏蟬的囝仔郎，也過來湊熱鬧。

「到底是什麼大消息？」豬哥雄仔的厚嘴唇噴著口水。

「我看！我看——」阿南伯接過報紙，瞇著眼睛，對著日光一字一字地讀著——喔，神棍、公所——哦！不是，是公寓——設壇，啊！花言巧語——女會計被騙失身——嫌犯江義德，啊——這敢不是榮仙的第二後生，啊！」

「南伯仔，你目睛花花，讀報紙親相在呑丸子，一粒一粒會骾死哦。來啦！來啦！我看，我看！」那被記大過解聘，現在是萬聖宮外務組長——專門接待香客，辦理外務的柯老師，被人從廟後的禪房請出來，他是萬聖宮內唯一受過高等教育的委員，雖有不光彩的記錄，卻無損於他日益提高的地位，更何況，他在眾神面前，發過一心爲善，服侍眾神，「若昧良心，五雷轟頂」的重誓。

「對啦！對啦！柯老師來嘍！」羅漢腳仔順排開眾人，讓柯老師拏起萬聖宮唯一的一份報紙。他迅速地瀏覽一遍社會版左上方的花邊，先是黑體大字——

公寓設神壇　香火鼎盛

神棍施巧計　信女失身

新聞內容的大意是，台北市某公寓大樓，由神棍江義德和其父江阿榮共設神壇，香火甚爲鼎盛。日前，某銀行女會計林女因其夫有外遇，前往祈求指點迷津，江義德涉嫌花言巧語，欺騙林女謂：要破其夫孽緣，須結神緣。林女信以爲眞。江義德遂假託神意，數度將林女予以玷污。林女爲奉獻香火錢，不僅將積蓄傾囊相予，且開始盜用公款，事爲銀行同事查悉，遂報警……

「哎呀，難怪！難怪！看不出，看不出，榮仙原來就是去台北坐館，難怪咱萬聖宮的香火一日比一日黯淡，香火氣攏被伊帶去嘍嘛！」木旺一副掄起殺豬刀的凶相，咬著牙。

「這榮仙——呵！我和伊自做囝仔做夥，到今啊也有六七十冬，我那會不知伊的人。是講，君子不言人是非啊！我——看大家那麼信伊，我那能講什麼？」阿南伯吸著菸，吞了濃濃一口煙。

「嘿！」一目阿樹抹著沾眼屎的左眼：「你們——哈，攏是囝仔郎，我那講出來，你們攏有耳無嘴——彼一年，阮和伊去南洋，阮一日到晚攏做苦力，站衛兵。做夥去的故鄉人有七八個，只有伊，一日到晚和日本大尉做夥，歸日攏哇達庫西，講是在做通譯，表面上伊對咱家故鄉人是客氣，其實啊！誰人不知伊暗中和大尉同一個腳蹭放屁。相戰乎我只存一目，伊呢？伊全身一塊破皮也無，一齊去南洋的，誰人無受傷？伊呢？」一目阿樹伯重重地吐了口氣，沉積心頭四十冬的鬱窒，終於舒放出來。眾人的眼光令他感到公道自在人心。

「戰爭結束前，聽說伊爲了躲米國飛機，而住進日本的野戰醫院呢！」阿南伯說：「這款郎，驚死大丈夫。」

「啊！對了，伊敢不是住進精神病院嘛？」一目阿樹笑道：「啊哈哈！一聽說要回轉台灣，伊的精神也正常了，哈哈！」

「敢不是伊帶你們自南洋坐船轉來故鄉的？」雄仔講：「我有聽阮爸講過，那無榮仙識字知路，做夥去的攏轉不回來。」

「哼！」阿南伯又吐了口菸：「故鄉，誰人不要回故鄉？伊喔，伊是趁風駛帆順勢啦！」

柯老師微笑著看著大家，說道：「眞正精采的在下面。」

於是眾人再度靜肅下來，聽著柯老師的新聞播報。

警方依妨害風化、妨害家庭，違反寺廟管理條例將江氏父子起訴。

「啊！我不是講嗎？凡設壇、寺廟都要去登記嗎？看嘛！看嘛！你們還有人反對我去將咱廟登記嗎？時代不同啦！神也要設戶籍吶！那無啊！哈，眾委員先生攏總犯法哪！」柯老師洋洋得意地指著廟內，那張相框內的登記證。

「下面呢！下面呢！」阿三揚揚手：「大家攏知這是你柯老師的功勞啦！再講下去啊！」

「下面卡大條哩！」阿三嘻嘻地說。

今日上午十時，台北地方法院開庭偵辦；啊！江阿榮當庭自殺未遂。啊！送醫急救，脫險——

「啊！榮仙，自殺——」豬哥雄仔瞪大眼睛：「敢有安怎？有安怎嘛？」

「表演啦！表演啦！」一目阿樹伯說。

「敢是冤枉的？」木旺說：「榮仙應該是冤枉的！」

柯老師把報紙壓折好，繼續解說。

江阿榮醒後哭訴，他的兒子以盡孝之名騙他到台北，他怕迷路，一步也不敢離開公寓，只好整天像囚犯般地關在房子裡。至於兒子設神壇騙財騙身的事，他一概不知……

「哈！在咱村一副通天神仙的派頭，結果，去台北變成一隻未吠的青瞑狗。」一目阿樹說著，卻沒有引起預期的笑聲。

「可憐！」

雄仔、阿三、木旺等人異口同聲地。

「可憐？」阿南伯捏熄菸頭：「咱村出頭天啦！新聞字登得這麼大，『有才鄉有才村』有夠面子，有夠面子！」

「結果，還要等待宣判呢！榮仙一萬元交保，江義德還押！」柯老師點點頭，一派講台上教書，下課時回應小朋友敬禮的威儀。

蟬聲繼續鳴叫，廟埕再度陷入白亮的陽光中。

關於榮仙的新聞，在有才鄉像風一般地吹傳開來，一直是人們仲夏至入秋，飯後閒暇的話題。

依然是燠悶的空氣，迷濛的日光，十分刺眼。未完工的街路下水道工程，經南風一吹，灰柔的沙塵，漫天盡是。

白晝時，混沌的雲堆在天空湧湧翻翻，黃昏，便是滿天豔紅。

入夜時，羅漢腳順仔一臉醉紅，來到廟口。

「榮仙轉來啦！」他靠在龍柱，一邊否認自己喝了過量的酒：「奇呢！那隻變野狗，跛腳又破病的黑毛狗來西居然也轉去伊厝呢！」

「有影？」阿南伯問道。

「我看到榮仙正爲黑毛狗來西洗身驅，捉蚤母，那隻狗嚶嚶叫得像鬼仔在哭。」羅漢腳順話才說完，就被啐了口痰。

「順仔你敢再哭妖，看王爺公今冥不賞你五百！」雄仔一巴掌搧過去：「就親相這重重的五百兩！」

順仔哎唷一聲，假裝被打倒。

「笑、笑話，王爺公也驚鬼？」

「榮仙回來了？」柯老師又問：「那——我們應該去看看他，表示一下慰問的意思？」

「有必要嗎？」一目樹仔按著自己的指頭。

「伊居然啊閣有面子再轉來有才村？」阿南伯搖搖頭。

「哎，南伯啊，伊被判不起訴，也無罪啊，轉來也應該啊！」柯老師仗義執言。

「伊不是去花蓮修行囉？」一目阿樹說：「我還以爲伊去做和尚呢！」

「見羞啦見羞！兩𠕇仔某才會去花蓮避，說是去一間寺嘛？」

「南伯啊！」阿雄說：「我講一句失禮的話，雖然我是牽豬哥的，不過，我也知榮仙的做人，你和伊一世人的老朋友，怎麼會一直講伊的不對，我從來也沒聽伊突你一句臭呢！我感覺，你有一點吃醋！」

阿南伯勃然色變，站起來，指著雄仔：「猏話！猏話！伊給你吃符水了，伊給你下符了，你被伊收買了！」

「甭生氣，南伯啊！咱坐下來，參詳一下，參詳一下——」柯老師拍著眼前飛過的蚊子，啪！蚊子飛走了。

「好啦！好啦！」阿三說：「雄仔你不會講話，就不要講——」假裝生氣的，一邊向豬哥雄仔使眼色。

「要參詳什麼！」一目阿樹揉著剩下的右眼：「轉來就轉來啦！」

「轉來！南伯就不能坐桌頭了。」順仔嘻嘻地說。

「幹！」阿南伯做勢要打他。

「說眞的啦！」柯老師清了清喉嚨：「伊回來，也好。自從伊離開有才村，咱應該要承認，咱廟的香火是有較失。」他望了望供壇上的神像。

「伊是卡有個打算。」雄仔說。

「那一仙神的生日、祭日攏記在頭殼內，那一仙封什麼官，伊也知影清清楚楚。」柯老師又說：「我這個讀冊郎，也無法度像伊這樣。」

「伊走了後，咱莊內就不太平安。敢不是安呢？」順仔接口道。

「你不講話舌頭會痲痺？」雄仔瞪順仔一眼，卻同意地點點頭。

「伊親相咱廟內的宰相呢！」一目阿樹講：「聽你們這麼講，親相伊轉來，天下就太平了？」

「哎呀！確實的啦！樹伯啊，伊走了後，你的『生意』敢沒卡落？以前，兩天三天就起一次『擋』，抖得盎七七的，啊！最近，你只有在厝內跳狄斯可呢！」順仔說完，預防人家會襲擊，先縮頭退後一步。

「大家樂也不像以前，中那麼多，連柯老師的『中獎指南』也無效。」雄仔附和道。

柯老師有些臉紅：「無效！幹，開獎的機器有鬼，當然無效。那份資料是台北朋友用電腦做出來的，以前就有效，每期都中一半以上，那知這幾期，幹！」

「做老師的，那能幹來幹去？」廟口閃進一條人影，是木旺。

「我剛去榮仙厝內。伊轉來了。」

「全世界攏知啦！」阿南伯沒好氣的。

「伊好像瘦下來了，講是花蓮正在起大風，落大雨。」木旺說：「榮仙講話也抖。」

「有影喔！我剛剛去，榮仙問了好幾聲『誰——』才開的門呢！連那隻黑毛狗來西也垂著尾巴，嗯嗯叫！」

「看到鬼了嘛！」阿三咬著檳榔。

「看到脫褲鬼咧！」木旺不甘示弱。

「就這樣決定啦！明晨就去伊兜。」柯老師下了決心：「順便請伊出來。」

五、火蓮花

千央萬請，榮仙終於再度「陞座」。

是萬聖宮千歲爺公聖誕大典，下寮鄉有才村的街巷，一家連一家的紅色宮燈，把風沙滾滾的村莊，裝扮得十分喜氣，廟前大埕四周也插滿國旗、廟旗，埕上也早已搭建起戲棚，電子琴花車一大早便嘩啦嘩啦地彈奏起來，高功率喇叭使得音樂傳送到遠近的村莊，人人都知道千歲爺公今日聖誕要來顯靈。

人人都在忙碌。

那在千歲爺公面前擲筊祈請顯靈的鄉民代表會主席蔡秀雄，一襲青年裝，一臉紅光光，領著眾代表，一邊指揮，一邊交談，並且暗中將年底選舉的事透露出來，在一種虔誠莊敬的氣氛中，人們總是點頭稱許他的意見。

榮仙今日所扮的不是桌頭的學士。

奉千歲爺公聖旨，今日顯靈不借乩轎，而要由榮仙替身。

自從那扶乩轎的火龍身亡，其後那一目阿樹因爲腦瘤，並且被斷定腦波異常，有才村的轎仔陣便散了去，加上榮仙執意不肯出山，萬聖宮的香火便黯淡下來。有才村的人們只好向附近的神明祈求，蔡秀雄主席憂心村中靈氣削弱，在眾人託付下，連擲了六杯金筊，終於有了今日的好采，連遠近的鄉人都來湊熱鬧。

早在三日前，有才村家家戶戶便都開始宰豬殺羊，那彎曲的社區水溝竟日淌著紅豔的血汁，畜牲慘嚎高吭，使得空氣裡有著異常的興奮，連過年都比不上的喜慶歡欣，洋溢在每一扇門扉、窗牖裡。

這是幾年來所沒有過的現象。

有才村出外的子弟大大小小相繼返來。而不約而同從各地趕來的乞丐陣，分別窩聚在大廟埕的各角落；擊鉢、鼓琴、唱思想起的瞎子、老頭，有夫妻檔、有兄弟伴，也有老少配，他們的衣衫雖粗陋，卻毫不襤褸，乞討的動作和唱吟的聲音有些遲鈍，卻也吸引了人們的圍觀和狗兒的吠叫、追逐。

戲棚下一個半盲的老婦，頭上包著一方暗黑的巾布，她的面前架著一幀黃黯的相片，原來是從報上剪下的新聞，內容約略敘述著一樁車禍以及死者家屬的困境，呼籲社會大眾踴躍捐輸等等。老嫗嘴裡喃喃著，似在罵人沒良心、夭壽短命、凸肚仔，又似在乞求人家好心施捨，伊眼睫下垂，注視著空蕩的木盆，那裡面只兩三個鎳幣。

圍著較多人的是占卜的攤子，有用鳥啄竹卦的，有看面相、觀掌紋，有摸手骨、腳肢，也有用銅錢搖著卜卦的，這些攤子直到那三部割據埕前，一左一中一右的電子花車秀開演後，才冷落下來。

那電子花車秀開演啦！

退入幕後，台上多了好幾位現代公主，正在唱《負心的人》，並且把衣衫一件件褪下，可惜，電子花車的喇叭太厲害，古裝脫衣舞速度太慢，敵不過三點——眼看就剩下一點，把眼睛轉到歌仔戲台的觀眾太少了。

爲了增加競爭和熱鬧，萬聖宮管理委員會特別製了一面錦旗，上繡「優勝」二字，並綁著一個大紅包，來回地在各戲台梭巡評審，歌仔戲和布袋戲最冷清，評審委員也懶得過去，只在電子花車間看來看去，那錦旗杆子到那一方，那一邊便起鬨，叫著——脫啊！脫啊！搖ㄌㄜˋ！搖ㄌㄜˋ！花車上的女郎也格外地賣勁。

廟埕前另外的高潮，是幾個少年騎著高屁股的機車，互相比快，結果，一個摔到路邊的稻田裡，跌了個一身爛泥，爬起來後追著競爭的對手打，那對手丟了機車死命逃跑向莊嚴的廟殿裡，被護法委員們一陣叱喝。因爲，馬上就要請千歲王爺起駕啦！炭火的場子也備好了，「過火」當然是少不了的大典乙節。

榮仙赤裸著身背，頭綁紅巾，腰紮黑帶，手拏魚劍，威風凜凜；誰都知榮仙除了是神的通譯——看佛字的老前輩外，同時也是全鄉數一數二，少年時便是上過刀梯的正牌道士。只是久未上場執法，一直忙著看乩、譯述諸神的言語罷了。

人們都讚他寶刀未老，一身精神。他瘦扁扁的胸脯，肋骨一鼓一鼓地起伏著。

正殿裡，是唯一肅穆的所在。幾個委員、以及蔡主席等人絲毫不敢馬虎，王金山和木旺早已備了紙筆。

眾人一再地燃香禱祈央求千歲王爺，在吉時附乩顯露，眼看吉時將至，而榮仙卻毫無感應。順仔眼尖，指著神殿，結結巴巴地喊著：「啊！啊！啊，那千歲爺公還……還……關在籠仔內，啊……」眾委員這才發覺自從上回神像被毀，金身上的金牌被偷之後，委員會決議在神殿座前加立上去的鐵柵，還未打開。蔡主席慌忙燃香告罪，並且趕緊開鎖。

過了不久，榮仙終於有了感應，身子開始些微抖著、抖著，兩眼瞪視著殿中的梁柱，好似看透什麼，然後，眼皮垂下來，他的肢體開始富有節奏地抖、抖、抖、抖……

這是黃昏的時候，也不知風從那裡颳起來的，熱烈的電子花車表演，因起乩而略受影響，一些信徒紛紛進入正殿內看著榮仙揮舞著鯊魚劍，砍著自己的前胸後背，汩汩的血汁滲出來，很快地被噴灑上去的米酒止住。一番揮舞後，榮仙從正殿跳出來，邊跳邊吟唱。

奇啦！奇啦！

顯靈的千歲王爺，藉著榮仙的聲音，所言所語雖有歌的韻味，卻是清清淺淺的話……

……吾……王千歲……

啊伊哦……啊！

信男——信女啊！你——跟我來……啊！

保大家啊平安啊！大賺錢啊！大家……ㄌㄨㄛˋ啊！

王爺千歲後面那句話，引來歡呼。

王爺跳著、跳出殿門，跳向「過火」場子，邊呼著：「來唷！賺大錢就來唷！」信徒們手拿三炷香，魚貫跟著王爺的附身。那水亮的宮燈，把埕前照得格外明亮。因爲風大，燈影晃得厲害。

過火場上的炭火經風一吹，燒得更加熾豔了。

王爺的鯊魚劍指向過火場子，他一步就踏上去，輕巧地、輕巧地跨上去，一步，便起一朵火蓮花。

後面的信男信女們也跟著踏上去，踏，上去。

大家一齊落進火炭場中，忽然，大家一齊唉爸叫母起來，褲管紛紛著火，哇哇叫，還哭起來，痛啊！腳底冒煙。忍耐！不忍耐就不誠。蔡主席說。他的音調像哭又像笑。

王爺不管那麼多，鯊魚劍居然，居然指向電子花車。

啊！王爺也愛看大腿，也愛看貼著亮片的胸脯。羅漢腳仔順叫著，引得眾人一番哄笑。

整個廟埕的人都在注意王爺公，有人跑到榮仙面前看他的眼睛是不是有張開，並且從他的角度看向花車，查看是否可以洞悉歌舞女郎薄薄的衣衫。

王爺忽然——忽然大吼一聲——呀——

鯊魚劍舞著、揮著！

那亢亮的長嘯，壓過麥克風。

人們看到榮仙身上賁張的青脈，他滿目赤紅。是王爺公生氣啦！

鯊魚劍指著花車。

王爺高亢的聲音，令人們肅穆下來。

……吾……憤慨啊！

……神仙貴賓……也覺得莫名其妙啊……

……侮辱神明啊……啊！侮辱啊……

鯊魚劍指著身後忍著腳底燙傷的眾委員們，又一聲暴喝，竟然是「跪落下！跪落下！向吾以及吾天界的神仙貴賓陪失禮之過。」

王爺說得十分清楚，沒有人聽不懂。眾委員以及信徒們全跪落下去。

青年文源衝上花車，令表演停止。

埕場上的人們，每一張臉都是錯愕的表情。

王爺又開言……吾……要替善男信女袪邪除妖啊！

王爺圍著跪倒的人群跳著、揮舞著鯊魚劍，一圈、兩圈、三圈。

榮仙身上血汗交織，除了負責在他後背噴米酒的阿南伯，沒有人敢亂動。有人被風吹得嗦嗦抖。有人撫著腳底的水泡。熱鬧的氣氛一下子被風吹冷了。

侍王爺跳回正殿，文源站在廟前階上，口令般喊著：「起來！」

奉旨起立的委員們，跪得膝蓋紅冬冬，蔡主席一拐一拐進入正殿，一邊喊著：「王爺慢著、慢著退駕。」

眾人急慌慌進入殿內，忙著燃香，正要跪求王爺開示天機時，榮仙長吁一聲，鯊魚劍往檀木桌上用力一擲。兩眼霍然張開。文源忙扶他就坐。眾人不約而同嘆息。發出啊！啊的。

「喔！嘖嘖！老嘍！老嘍！擋不住，這王爺脾氣可是天大地大，我全身骨頭疫了了。」榮仙抹了把臉，像從睡夢中醒來。

眾人有氣無力地誇讚榮仙老當益壯，忍不住埋怨千歲王爺不守信用。

千歲王爺高高踞坐在正殿中央，黑臉上沒有表情。

噴水池邊，有人引水敷腳，並且氣憤地攀折蓮花。

夜裡，星光從屋瓦的罅隙透漏下來。

有風，紡織娘唧唧地叫著。

榮仙翻轉身，伸手摸著身旁女人的手。

伊一直咳，咳不停。

「明早，去吉發的藥房注射，就可以好了。」榮仙安慰著老伴，邊摸索著倒了一杯溫水，扶起伊喝著。

「你不該得罪莊內的人。」榮嬸推開杯子：「千歲爺若知你這樣戲弄莊內的信徒，伊敢會同意？」

「你少講話啦！」榮仙有些惱火：「你一天到晚念來念去，聽莊內那些猶仔的囈話，千歲爺若有靈，伊也會替我拍手贊成的。」

「你也無卜筊——」榮嬸又咳了起來。

「睏啦睏啦！」榮仙在暗黝中揮著手。兀自躺了下去。

帘外的風撲進來，將窗格吹得價價響，忽然，來西嗚——吠了起來，受了驚駭似的。

榮嬸緊偎著丈夫，搖他肩胛。

「我知啦！幹，那黑狗老了，也無膽了，一點聲響，就唉爸叫母。」

「起來看看！」榮嬸央求著：「你聽，你聽！」

風聲裡，果眞有沙沙的腳步，隱約，竟還有鈴鐺聲。狗又吠號起來。

「讓你爸氣起來，就出去打死伊。」榮仙罵著狗。

「你聽——」榮嬸抓著丈夫的手。

「聽什麼？我耳孔臭去了，聽無啦！」榮仙沒好氣地說。

「眞的！」

榮嬸話未落，屋頂瓦上傳來輕輕碰擊聲。

「誰？」榮嬸喝著。

門板上有微微的叩動。

榮仙爬起來，按住老伴顫抖的手：「免驚，我就不信有那莊頭的大目賊，竟敢來偷。」

「我看，不要出去。」榮嬸的聲音裡，夾著哮喘，她一直忍著咳嗽：「現今的賊，那識你是什麼芋仔甘薯。哎——」伊驚叫起來。

來西吼吠著，忽然ㄍㄞ！一聲，被擊打的樣子，接著嗯嗯嗯地叫著，低吼著。

榮仙站起身來，推開窗櫺，藉著屋外的微明，張望著埕前的動靜。

那模糊的光線裡，竟有兩條白影飛動。是招魂幡，在風裡飄蕩。

「是什麼？」榮嬸擠過來，發現老伴的手冰冷極了。

「是安怎？是安怎？」

「你去躺著，別出聲。」

榮嬸堅持伴著伊，老花眼在夜明中睜瞪著。

沙沙沙！沙沙沙……

院牆內的那幾株芭樂和木瓜樹搖著搖著，葉子紛紛落下，驚起幾隻鳥，那飼在旁邊欄棚裡的雞鴨，呱呱呱地叫起來。

樹影婆娑間，舞動的影子似飛似飄，隨著白色布幡忽東忽西。倏地，一朵綠亮的火，亮燃起來，在風裡明明滅滅。

「誰？誰人？」榮仙沙啞的喊喝在空蕩的院落中顫動著。

「阿彌陀佛！」榮嬸的身體不住地發抖。

「免驚！免驚！」榮仙安慰著老伴：「我就不信有鬼，不信有鬼！」

「會是火龍嗎？火龍——」榮嬸驚駭地問道。

「胡說，我對火龍那一點不好，伊在生時，我從無對伊不住。」榮仙挺著胸，聲音壓得低低的。

「那——那——」榮嬸又咳喘起來。

「誰人？」榮仙鼓足中氣，又朝外暴喝一聲。

白色的幡影依然在風中飄動，隱約裡，叮噹聲由近而遠。

榮仙要老伴回到床上。想燃燈，卻停電了。

「看我捉妖！」

榮仙在暗黑中，點著蠟燭，脫掉上衣，額頭上綁著紅色布巾，手提鯊魚劍，開門。喊著：

呀——看我天師的法力——

伊衝殺出去，呀——喊喝著，朝著暗黝的林影，揮著牙刺刺的鯊魚劍。

黑毛狗來西弓起身背，低低嗚嗚叫著。

果樹叢裡，空蕩蕩的，只有風吹枝椏的沙沙聲。

「啊！」榮仙慘叫一聲，匐跌下去。

隔天清早，發喘的榮嬸便到街市，買了牲禮、香燭，準備祭拜亡魂弟兄，醫院護士也說榮仙遭了破傷風。

而鬧鬼的消息，就在有才村喧騰開來。

有人說：榮嬸是被鬼逼喘的。

有人說：榮仙的厝後埋了黑狗，壞了風水。

六、進香

這期的獎券一開出來，有才村譁然。全村竟沒有人中籤。街上開西藥房的吉發，店門都不敢開，聽說跑到台北躲債去了。木旺也是無精打采的，原本要賣不賣的豬肉攤，又開張啦。賣水果的天助，整天望著天空發呆，有人笑伊一斤三十，二斤算十三，加減也忘了，連秤也不會看了。那全莊有名的老實清木，上次連中二期，工都不做了，整天盼著開獎，現在，只好再度捲起褲管，與他那隻瘦牛在田間跋涉了。

「有鬼！」柯老師氣憤極了。

萬聖宮的委員們也都義憤塡膺，並且紛紛表示同感。

「再這樣下去，咱要萬劫不復了。」阿三悲傷地說。

「哎！搬歌仔戲，唱哭調仔也無效，大家要想想看，怎麼辦才好？」阿南伯一臉肅穆。

「聽說，阿樹伯氣得入院去了。」豬哥雄仔說：「一窩豬仔無人管，放在路上四處跑，那無我看到，十幾隻公的、母的，無兩三工就會被人捉了了。」

「阿樹都急得快起痟了，那有時間去管豬仔，你有閒，就豬哥豬母做夥管吧！」木旺才收市，就趕到萬聖宮。

「泡茶啦！」柯老師吩咐羅漢腳順仔。

順仔打開茶桌下的瓦斯，燒著水，一邊咒著：「幹！我儉腸勒肚，才存一萬，啊！攏總槓龜送給人買藥仔去了。」

「該你衰，種瓠仔生菜瓜，放尿都會噴到面，免怪人做莊的手氣順。」木旺說。

「榮仙到底還有法子麼？」天助問道。

「有，有法，有假狷的法，上回把咱修理得還不夠？」阿南伯笑著：「好加在，本山人無過火，那無，嘿嘿！腳底膨疤（起泡），人嘛也帶著衰。」

「伊最近連街仔頭也不出來。」阿三說：「整日就牽牛在厝庭索來索去。」

「驚著了，伊兩個兒子，兩個不正經，三番兩次轉來偷拿厝契，不然就吵著要賣、要分。」柯老師說：「說起來，啊！也可憐！」

「也實在的，這是伊某自己找的，伊那二個後生，就會花言巧語，偏偏伊某耳朵軟，什麼都聽入耳，好啦！現在，防著賊一樣，驚伊們出獄轉來。」阿南伯有些幸災樂禍。

「可憐！那會可憐？伊無聊，也不會到廟內喝茶，我去講幾遍，都差一點被那隻黑毛狗咬了。」順仔說：「伊還說，狗比人好呢！」

大家無奈地笑了。

「這開獎的機器有問題，大家都知道。」柯老師話歸正傳：「文源不是說，虎尾在風聲，全省的獎券行做夥出錢，去買通操作的人？」

「報紙也登了，聽說，省主席都出面，講要公開搖獎。」阿三說。

「是不是在做戲，欺騙社會？」雄仔說：「說不定省主席就知影機器有鬼呢！」

「免歡喜，最近報紙天天登一些歪哥傾斜的道理，建議政府要取消獎券呢！」柯老師說：

「野草燒不盡，春風吹又生，禁得了嗎？」是在安慰自己又像是在安慰眾人。

「叫文源探聽好，什麼時候，咱來去看開獎。」木旺說：「我就不相信，有鬼捉不著。」

「啊！對，請『太子爺』押陣，『太子爺』如出面，誰人還敢搞鬼。」阿南伯興奮地說。

「好！我參加！」

「我也參加！」

「我也參加！」

於是，木旺、阿三、雄仔分別被賦予招兵買馬的責任，大家決定以「萬聖宮進香代表團」的名義出遊，首站當然是台北，先看開獎，再去萬華龍山寺，然後，向東遊覽，準備全省一周。並由蔡主席任團長，柯老師擔任副團長。

事情就這麼決定了。

參加進香團的人十分踴躍，原本預計三十人，一部中型遊覽車，沒想到，又加到四十，五十，還是超過了，由於遊覽車公司派不出大車，最後只好抽籤決定參加人選。

一大早，萬聖宮前的埕場，就擠滿興奮的人們，連甫出院的一目阿樹也加入，並且還由他扶請「太子爺」的金身。大夥全都戴上萬聖宮委員會特別訂製的黑底白字「萬聖宮進香代表團」臂章，還由文源舉著「有才鄉有才村萬聖宮」的大旗，進香團便這樣堂堂正正，像出征的隊伍，在早晨微陰的天色中，出發了。

＊

過了幾天，各傳播媒體在新聞報導中都提到有才村。

進香團回鄉彼日，街道上響起鑼鈸、鼓吹的音律。

萬聖宮裡的神像都蒙上紅布。

有才村人家，除了幾戶半閉著門，貼著「忌中」字條的外，大部分人家門框上也懸起橫長一丈寬一尺二的紅布。

廟前的廣場，飄揚著白幡、黑旗，那鼓吹淒昂的聲調吹嗚起來，一波一波湧進人們的耳蝸裡。村前、村後的狗竟不約而同地哀吠起來。

那一列拼裝車隊浩浩蕩蕩開進有才村唯一的街道，狹窄的街道上，一片濕漉漉，一早就下雨的緣故，隨著車聲，忍不住地哀泣、哭號，傳染病般宣洩開來。

站在人家店廊前，抱著小嬰仔的婦人，忙摀住嬰仔的眼睛，不讓伊們看到那紅澄澄的棺木。

大膽的莊腳囝仔，偷偷躲在巷子頭，數著一、二、三、四、五、六、七、八、九、十、

十一、△△、△△……一共有四十一台拼裝車，一車一棺，砰砰砰砰駛進萬聖宮前廣場中央。鼓吹手像太用力，音階太高，接不上去了。迎棺的人群哀哭聲譁然放大，哭著、號著、喚著……

公祭選在午時，鄉長和鄉裡選出來的議員、代表們，輪番上香致奠、讀祭文，接著是五子哭墓，孝女隊，西公隊，誦經隊等等的演出。

出殯之前，那倖存的羅漢腳順仔被人從醫院送回來，在眾罹難者的遺照前一一頂禮跪拜，伊早已泣不成聲，家屬們更是難抑悲痛，哭夫叫爸喊母喚子的慘號此起彼落。

榮仙顫危危被人扶著上香，手裡捧著的祭文叭嗟叭嗟地在風裡抖著。自從上回王爺聖誕的法會之後，伊的身骨不知怎地衰頹下去，整日臥在床側；村子裡也不知怎地竟傳出伊遭了那尊王爺公罰譴的風聲。伊的手抖著、抖著，執事的人慌張替他捏住祭文的四角，哭聲稍歇，大夥在等待伊的吟誦。全有才鄉就只有他會寫祭文，會用一種朗誦或者吟哦的音調讀祭文。伊的手一時無法控制顫抖，伊的目眶紅著、紅著，伊咬著牙根，終於還是落了淚，落了淚。

「維……」榮仙拉長字音，由高而低，頓住。

攙扶他的人向旁傾躓了一下。榮仙整個人頹軟下去。

「啊！慘嘍！慘嘍！」鄉長奔上前去：「榮仙昏倒了，昏倒了」……

眾人手忙腳亂地把榮仙送到醫院裡。

出殯的時刻快到了。拼裝車改裝的送殯車隊紛紛砰砰地起動，這時，那幾隻鏈條綰住的狗，又再度號嘯——是哀哭的聲音。

忽然，人們聽到嗚哇嗚哇的聲音，眼尖的人看到一部警車正朝著萬聖宮前廣場馳來。

鄉長義不容辭站出來迎接閃亮著警示器的黑白轎車，車子停穩，門未開，人們已看清楚坐在裡面，夾在兩個警察中間的人。

「喔！文源，夭壽短命！」

有人衝上前，就去揪住文源，被警察擋開。

所有人一齊圍攏過去，哭聲倏地停止，每張嘴巴都張開，咒咀著，吼罵著；幹死你祖公祖媽，駛你娘文源，你有良心嘛，黑矸仔底豆油看未出……

聲音要把文源淹沒。警察只得把警鳴器打開，嗚哇！嗚哇！嗚哇……車頂閃亮的紅燈映著文源蒼白的臉。

鄉長站在板凳上，用手當喇叭，政見發表會的姿勢——

「各位鄉親，請大家冷靜啊！現在嫌犯已經捉到，大人仔（警察）正展開偵察，請大家不要吵吵鬧鬧，代誌一定會有一個交代……」

接著，文源在警察的押解下，艱難地一步一步向前邁進。匡鐺！匡鐺！匡鐺！綰鎖住雙腳的鏈鐐在地上發出清脆的聲音，人們紅著眼睛瞪視著一臉蒼黃的文源；他走到靈堂前，未及上香，文源倏地——向前跌撲下去。

大夥全都伸長脖子，以爲文源天良發現了。卻是阿新突然縱身一踢，把他踹倒的。

趁亂，一陣拳打腳踢。文源陷身在其中，居然一聲兒不吭。警察忘了吹哨子，直瞪瞪任人群湧上去。那原本坐在一邊調音的鼓吹隊，這時，竟助陣般咿唷咿唷地吹起來。

阿新被人架開。他哭喊著：阿爸！阿爸……

伊阿爸一目樹伯，自從診出生了腦瘤，以及腦波不正常等病，就一直住在醫院裡，病病懨懨十來天，有時清醒，有時昏迷，還念念有詞，如同起乩般地全身發抖。阿新爲此賣了一塊田地，好不容易伊老爸的病才有起色，爲了討他歡心，阿新特別安排他去簽了幾支大家樂，並且僞裝中獎，讓一目阿樹的精神豁然開朗。事實上，醫師已告訴阿新，他老爸的病無望了。沒想到，這回……

那警官終於吹起哨子，儘管他漲紅著臉，用力，吹、吹——ㄅㄧ——ㄅㄧ——ㄅㄧ，哨音仍被淹沒在嗩吶和人們憤怒的喊喝聲中。

警官猛地拔槍，吼道：「再打！再打，我要開槍了，開槍了。」一邊果眞把彈匣一推，卻沒有人理會他。

忽然，砰——響亮的槍聲亮過天際，警官手上的槍管冒著煙。這時，天空竟連番響起雷來，接著閃電引起的白色強光刺痛眾人的眼睛，映著每一張錯愕、驚惶的臉。

滿臉血痕的文源，被警察扶起來，顯然是咬著牙，或者已叫不出聲音。他勉強接過三炷香，面對著橫向擺開的靈牌和遺像，居然毫無愧懼，甚至，有人發現他腫起的嘴角竟泛著笑意呢。

「這個無爸無母無血無目屎的凸肚短命，心肝臭去嘍！」

「親相伊博筊（賭博）老爸，幹死你祖媽！」剛接掌萬聖宮管理委員會主任委員的村長振華叔，一臉紅赤赤指著文源：「要不是當初咱家鄉親看你老爸被人刣，大家扶養你，那有今日的你啊！你啊！無良心，竟然……竟然……害大家落到這款的地步。」

「冷靜！冷靜！」鄉長擠上來，陪著笑臉：「各位鄉親，法律會有明正的公斷，冷靜！冷靜！」

躺在籐椅上的榮仙衰弱地告知人們，時辰到了，喧吵聲這才稍稍減弱。

於是，樂隊、鼓吹陣、電子花車、五子哭墓陣、引魂幡、花籃車隊、哀家子孫和送喪的人們，隨著砰砰起動的殯葬車，向公墓出發。這時，道士們吹響牛角，念著咒語。從高城寺廟請來的和尚們，一齊朗誦經文。榮仙一臉滂沱的淚痕，輕輕喃呢著：故人，魂兮歸來。

陰慘的天空，起風了。雨嘩然傾盆注下。哭泣的行伍在雨中緩緩前行，走向通往公墓新闢的小徑。

入土了。道士們圍著新起的墳堆，搖著銅鈴，揮著榕樹枒，灑下鹽和米。雨不停，淅淅瀝瀝聲中，哭泣的村人們愈不能克制悲傷的心情。

文源被押到墳前，看著一具具棺材入土。他仍沒有預期的駭驚，或者吐露案情什麼的。警官緊鎖住雙眉，一邊輕聲質問著，文源只一逕地搖頭、搖頭。

法事結束了。就在警車掉轉車頭的時候，原本被診出有輕微腦震盪，陷於半昏半醒的羅漢腳仔順，突地奔過去，拉住車門，激動地喊著：「就是伊！就是伊！」

眾人的哭聲頓止，冷濕的街道上，漫開一股興奮的氣氛。人們不顧身上的濕衫，隨著警車奔向剛落成的派出所新廈。

錄音機、筆錄用的十行紙，以及印台等等擺在桌上。爲了徵信，警官特別動用了錄影機，並准許鄉長和民眾服務社主任入內，其他閒雜人等只好在門外探頭探腦。

以下是錄音紀錄：

警官：好了沒有，預備！開始！

警察：ＯＫ！開始！

警官：你是羅順，今年四十六歲，住在有才村二十九號，是不？

順：哇是啦！

警官：你是伍文源，今年二十五歲，借住在有才村九十六號李木旺的家裡，是不？你曾經列管……

警察：講話、回答。

（沉默，錄音帶轉動的聲音）

鄉長：阿順，慢慢講，免驚，大人攏眞好，你放心，鄉長伯讓你靠。

順：好啦！

警官：羅順，你知影就說，不知影就講不知影。我問你，在車上發生了什麼事？我講的話你聽有嘛？

順：我也會講國語啊（有些驕傲的）。那一天，啊！很早就出門，還放炮，大家歡歡喜喜，一路唱山歌！山歌……

警察甲：你講重要的就好啦！

警官：讓他講！

警察乙：沒關係，隨你講，反正我可以聽錄音帶做筆錄！再講！再講！

順：我頭有一點痛……

鄉長：想看看，想看看。

順：就出發啦！

那木旺，啊！伊也落土腳（已入土）去報到了，我不敢講假話，木旺講我是免費的，應該坐車輪上的位子，就和我換位。

過來，再過來就到高速公路啊！阿樹伯把手上捧的太子爺交給我。我點了一枝香。拜太子爺讓我發財。

……（又哭又笑，有人咒著：幹！）

伊啊，伊——他們就開始看錄影帶。片子是蔡主席帶來的，講是日本原裝的，好看啊！啊！實在有夭壽，一個日本查某全身光溜溜地綁在樹上，啊！他們看得流口水，連阿樹伯也看，木旺卻不許我看，說太子爺會生氣。啊！我還是看了。阿樹伯說，太子爺曾經有過三妃四妾，不會在意的……

警官：然後呢？

源：然後，我就說不要侮辱太子爺，否則會遭報應的。阿順手裡的香熄了。

順：然後，他們開始「大家樂」，超第五台車猜車牌號尾，車掌和司機做莊。大家有輸有贏，眞刺激呢！到了台北，台北落雨。大家就去台灣銀行，啊！那間樓，有夠水，有夠莊嚴，啊！一目阿樹伯扶請「太子爺」要入內，結果，結果，被人擋在門外，還圍了好多人在看，蔡老師、柯老師都無辦法。那門口的大人說，不可以請神像進去，尤其是那一大把香，會妨害空氣。幹！騙猾，伊對神無禮，「太子爺」一定會找伊算帳。等我們進去時，啊！大廳內擠滿了人，沒有人注意到用布蒙起來的太子爺。我仰著頭，脖子都痠了，好不容易才看到台上的機器，嘩啦！嘩啦！嘩啦！搖著搖著，啊！目睛都要凸出來了。結果，結果啊太子爺發威了，阿樹伯抖起來，抖起來，我們有才村中籤的人眞多，大家歡喜得又笑又叫，大家樂啊大家樂，七十四、二十六、十三，啊！啊！回到車上，木旺就提議改變行程，去台東花蓮遊覽，大家拍手，贊成！贊成！柯老師說那裡的風景很美，還有更美更好的人和事，全車的人都哈哈地笑起來。隔天，我們去萬華掛香，中午的時候，就出發了，到基隆、蘇澳，吃海產。過來，過來，我無什記得了……

源：你們要不要聽我說（憤怒地）？

警官：你說——。

源：到了花蓮，幾個豬哥找了幾個山花……

村長：不准侮辱死者！

源：什麼是侮辱？

村長：你無資格……

（微喧，警官輕叱，錄音才又清晰起來。）

源：他們都亂七八糟，連阿順也湊一腳。

順：我無啦！我無啦！

源：免辯解，你專撿人家的垃圾，誰人不知？

順：我會被你氣死，啊！警官，攏是伊，攏是伊！嘜聽伊亂講。啊！伊們去爽歪歪，我會氣死！我會氣死！到了花蓮，啊！那所在眞夠美麗，有九彎十八拐、有一線天、有青蛙石、有鯉魚潭，啊！人的心情爽起來。後來，我們去拜拜，求籤詩。號碼是零零，啊！那間廟人堆人，說是最近才旺起來的。蔡主席是零零上保險，開西藥房的阿平講零零銷路大。大家講得笑哈哈，我那知什麼是零零！木旺說那是汽球……然後，我們從花蓮走山路。主席講去台中上好。台中是「大家落」祖公。我一路睏，啊！到了台中，我醒過來，聽到文源和木旺相罵，小小聲的。下車……

——我就睡覺了，不小心把太子爺的香爐掉到地上，又被這個破嘴仔文源咒說會遭報應，我警官：等一下，你聽到他們相罵？罵什麼？

順：我臭耳孔，那時，聽沒……

源：到了台中，大家下車，在飯店喝米滷（啤酒）吃便當。

順：大家喝得醉狂狂，主席要文源代替大家去買大家樂的籤。大家都買零零，也有人買別號，文源就去啦！我無錢，王代表給我五百元，啊！伊是好人，好人。

警官：伍文源，你去簽幾支大家樂？

文源：我到台中市某路某某獎券行、某某獎券行、某某獎券行一共簽了一百支。

鄉長：繼續講！

順：上車，主席講要去谷關，大家有的睏，有的吐。後來，後來我又聽到木旺和文源在幹祖公罵祖媽，我有聽到好像是火龍的代誌，火龍是枉死的——

警官：火龍？許火龍。嗯！伍文源，你怎麼說。

文源：哼！順仔臭耳膿，伊那有聽到我們在講什麼火龍的事？伊亂講……

順：我如亂講天公就不會疼我，那親相你，害死人啊！

文源：我和木旺兄在講榮仙，木旺怪榮仙變鬼變怪，故意不讓王爺公出明牌，還修理咱有才村的人。我說，要感謝伊咧，那無，咱那有機會出來遊覽。阿樹伯也講，榮仙刷刷去啦！有太子爺，就免伊湊東湊西，湊得壞了了，說不定，這回陪太子爺出巡，太子爺一爽快，就保庇大家得大支的，就大家統統樂啦！（刷刷去：算了吧！）

順：車子上山路，我感覺像在坐火箭。木旺和文源又在吵，他們好像在講上回「捉猴」的代誌，木旺罵文源不是人，白拿他的錢，照片也沒，底片也沒，分明是被人高價收買，後來，後來啊！他們罵來罵去，我目睛花紗紗（模糊）直想睏，我坐在輪子上，位子又小，又顛得三魂七魄快出竅，啊！嗚嗚……（捉猴：捉姦）

鄉長：順仔，哭沒路用，你再想看看，你還看到什麼？

順：我向木旺說，換位子啦，換位子就不會幹公欺媽啦！木旺紅臉鴨面不睬我，還說我再講，伊就要把我丟到山腳。伊和文源不知安怎一直吵，一直罵，伊和文源親相有提起什麼錢的問題，啊！我一抬頭，看到文源跑去頭前和穩匠（司機）大吵起來，吵起來，我一下就看到頭前的山好像倒頭嘍！啊！天頂倒下去，倒下來，烏殺殺，啊！我親相有聽到「砰！」一聲，過來，就不知人啦。我醒來，咒木旺，還以爲伊眞的把我丟下山腳，那會知……那會知……會這麼淒慘，大家都落下去，落下去！啊！嗚（哭聲）。

警官：伍文源（厲聲）你怎麼講？用國語！

源：我看到司機在打瞌睡，方向盤轉來轉去，車掌吱叫一聲，我跑到前面，叫司機小心，車子已經歪倒路坎，我跳出車門，跌到路邊，車子就滾下去，滾下去啦！

警官：講下去！

源：我趕緊跑，跑去山村的部隊叫人來救，我以前是谷關山訓部隊的。部隊就派人來，我又打電話報案。

警官：那你爲什麼要跑？

源：我有受傷，你看——大腿烏青，我去裏藥。

警官：你跑去那裡？

源：去醫院檢查。然後去吃豬腳麵線壓驚，然後，我……

警官：你身上的一萬多塊錢那裡來的？

源：我的錢啊！我替人家做事，他們給我的工錢啊！

警官：你替人家簽的大家樂籤單呢？

源：攏總丟到山腳去啦！我——我跑去旅社休養，等開獎。開獎，一支也沒中，我，我也沒有意思要獨吞，也沒想要跑，只是……

順：伊黑白講，伊明明是要獨吞，伊心肝是黑的，大人，汝千萬不要聽伊的話。

警官：你敢有證據？

順：有啊！有啊！我跟你講，黑心仔文源，你甭想我頭殼戇戇，哼！我雖然著傷，雖然昏了好幾天，我還眞清楚呢！你講——（大聲）攏總無中？那七二呢？阿三簽的七二呢？你講，你講啊！你講啊！

（以下停頓約一分鐘）接著是電話鈴響，椅子拉開的聲音，警官的電話應答。

警官：好！繼續，伍文源，你有什麼話講？

源：啊！有，有中五萬多，七二，是的！我忘記是誰簽的。啊！我也有買金紙去現場燒，看到還在救，看到村子裡的人和阿兵哥在喊，在哭，一張張的金紙飄下去，啊！我怕大家更誤會我，我……

警官：你這五萬多的錢，剩下一萬多，還有呢？

源：我……

源：是，我有，我有在旅社找查某，我有喝酒。但是，大人，我沒有，我沒有害他們，車子落下去，不是我的錯，我發誓！還有，我把太子爺藏在旅社的衣櫃裡！

（嘈雜聲，有些興奮）

村長：好加在，好加在！委員會要看個好日子，把太子爺迎請回宮。

鄉長：是啦！是啦！

警官：還有，伍文源，我們也已發現了有力的證據，關於許火龍的命案——

順：我沒有，我沒有，是木旺，木旺刣的，我看到的，我看到的！

警官：再說一遍，你看到的？

順：是啦！是啦！我親眼看到的，啊！彼一暝，我和木旺……

（非常大的嘈雜聲）

不知名的人在喊：風颱來啦！風颱來啦！

——啊！死啊！死啊！厝頂攏掀了了啦！

（接著是紊亂的腳步聲、機車起動聲，十分混雜。最後，喀！是切斷的聲音。）

七、風颱

名叫韋恩的颱風，自花蓮外海搖曳出去，卻停在海峽中央漫步，好像在觀望初秋的海島。然後，迴身，舞向一直平靜、數十年來無天災的嘉南平原。濁水溪口的水被捲上天空，韋恩變成狂暴的猛漢，用力地撼動平原上的田疇、屋厝以及人心。

車禍喪生者在有才村萬聖宮前做完法事，集體下葬後的下午，風聲突地加大，那呼號的嘯叫，宛如一群飢餓的巨虎，蹲伏在村子周沿的圳坎，狂暴地吼著，準備噬食村中的一切。

榮仙被扶返家後，榮嬸立即上了門閂，然而，風太大了，門扉嘩地推開，並且迎進一潑雨。整間屋子濕漉漉，兩人再合力關門，風力仍不歇，好不容易用桌、凳堆在門後，門才關住，雨中的微明天色被鎖在屋外。驀地，屋內一片闃暗。

「風親相一陣虎，呼啊呼啊的！」榮嬸一邊用毛巾拭著臉上的水滴，一邊替尪婿端茶。

榮仙忍不住咳嗽，卻又要求香菸。

風一直從門縫裡擠進來，雨水也不斷從門縫滲入。

「幹！」榮仙氣憤地摔掉濕爛的香菸，跌坐在廳中央的搖椅上，好像摔得太重，不禁輕輕哼了聲「哎唷！」

「那會這呢（這麼的）淒慘！」榮嬸喟嘆了聲，附和著老伴的哼吟。

榮仙撫著自己的膝蓋，沉默下來。

「你安怎？」榮嬸挨過來，驚覺老伴竟在流淚：「四十一也郎趴落山腳，四十一家攏死郎，啊！」榮仙瘖啞地說。

「你的話無人聽，那無，也不會有今日的慘局。」榮嬸說。

「兒媳都不聽我話，外人還會聽我說麼？」榮仙無奈而激動：「我看他們到地獄也不會放下大家樂吧！」

「神也太無保庇了。」榮嬸又說。

「神！啊，神！我久無見到了。」榮仙說著，又義正詞嚴地指責女人：「查某郎，那知什麼神啊、鬼的，亂亂講。」

榮嬸噤住聲，靜聽著丈夫的話。

「連一目樹也迷上了，沒病死，卻趴落山腳摔死了。」

「哎，免講阿樹，就連莊頭，伊個上老實的清木，敢沒一世人做工，駛牛犁，一日賺三五百，安安穩穩，敢沒足好？偏偏也潦入去，中幾遍，就跟人家講伊不愛做工啦！全莊的人都知道，清木變嘍！」

「幹！夭壽清木，變做鬼，就甘心了，留下一堆子女，拖死伊個阿春。哭死了，阿春，昏倒幾遍，救幾遍，一個查某郎，哎……」榮仙的淚偏又垂落下來。

屋外傳來虎虎虎的風嘯聲。

榮嬸忽然叫一聲：「哎呀！那會安呢？那會安呢？」她抬頭，一抹雨光映亮她的臉。

「啊！」榮仙也抬頭：「去嘍！去嘍！」

那風虎的巨爪，伸向屋頂，掀開灰舊的瓦簷。庭外傳來瓦片摔落的破碎聲，還有那隻黑毛狗的吠叫。

「哎喲！」榮嬸抓住老伴的手。

「免驚！免驚！哎，像在空襲咧！」榮仙抬頭看天，一汪雨水噴得他滿臉是，慌忙拉著老伴靠向牆角。

風猛把門吹開，門扉被風搧得嗯嗯響著。

榮仙一轉頭，看見前庭那一排木瓜樹全彎了腰，那一纍纍半熟、已熟的木瓜，摔得一地都是。

「啊——」榮嬸驚詫地指著外面。

那座鄉長藉「基層建設」之名，爲他建起的水泥磚圍牆，忽然，波浪般地，緩緩彎垂下去，一節一節，極有秩序地傾倒了。

「哎。」榮仙緊握住老伴冰冷的手：「風實在有夠大，幹！這款天。」

「驚死人。」榮嬸有些羞赧，又有些幸福地偎在丈夫身旁。

「是籬笆的總是籬笆。」他安慰妻子，並且勇敢地挺挺胸：「莫要緊啦，竹扒仔剖剖就有了。」

話未落，那大門邊的榕樹，竟然拔了起來，飄上去，飄上去，連根帶幹都被撼動、飄起，然後，沉下去，沉下去，跌倒下去。

「啊！」榮仙瞪大眼睛。他回身，想要把門扉闔上，卻是徒然。

屋頂上的瓦，轉眼間，一片也不留。頂梁上的太極圖印被水暈濕。黏在瓦架上的濃密蜘蛛網，要斷不斷地拂盪著。

風猛灌進來。

雨潑如水。

兩個老人一下子左、一下子右地閃躲著水注般的雨。

榮仙發現兩側的廂房，也已洞開四方。

「啊……」榮嬸哭號起來。

他覺得風把牆壁都吹動了，雨水已經淹到腳踝，令他有淹溺的窒悶。

在風雨的怒吼裡，哭聲愈是飄忽。

榮仙抓住女人的頭，輕摑著她的臉，然後，用力緊抱著她僵冷的身體，他自己也啜泣起來。

整個有才村，陷入狂亂裡。

馬路邊，行樹像被火焚過，所有的枝葉全禿。

海墘邊的魚塭、蝦池，在一陣捲風之後，池內的水全都乾了，只剩下爛泥霉。

那一畦畦待收的甘蔗、玉米田，在風雨裡捲纏成臥倒的亂草。不斷自圳坎、海邊湧出來的水，圍住村子的周遭，有才村浮在濁水裡。

夜色隨雨淋下墨色。

風勢未定，是小了些。

有水聲響起，一朵朵飛濺的小浪，在黑沉的夜裡，翻起濁白的顏色，如易凋的花，開起即滅又開起。

一些急速流動的垃圾，一些驚惶的雞鴨，在雨幕裡，旋蕩著、呱叫著，向村尾的窪地馳湧。

閃電不時撕裂夜的黑幕，隆隆轟響天際的雷鼓，激起狗的吠號和小孩的哭叫。所有的光、熱都死滅，所有的電訊斷絕。嘩漉嘩漉的流水聲，愈來愈響亮。那墳地飄忽的磷火，帶給守著海岸的士兵極大的震撼，以致在凌晨時分，營地吹起了緊急的哨音，並且夾雜了幾響槍聲，以及叱罵聲。

過了不久，自海墘傳來的嘯叫，駭醒了有才村所有的人。幾抹手電筒的光影閃爍在嘩嘩的雨裡。這是唯一可以交換的訊息了。

首先是營地的士兵們，一陣喊喝。營房內外的水已漲到半牆。村子裡開始有更慌亂的叫喊和哭聲。模糊的手電光中，人們發現海嘯帶來的巨流，已經湧進每條街巷，每間屋子了。

「天光了，天光了。」有人喊著。

萬聖宮裡，有人點起蠟燭，隨即被風吹滅。

「那有光？你目睛花去啦！」說話的是新近接替柯老師的扁頭。

微明裡，大夥的眼睛都張開了。

「什麼時候，天才亮？」碗粿嫂阿英緊擁著女兒：「那會變成這款？」

「唉！」阿新在嘆息：「一世人無看過這呢猜狂的風颱，幹！」

「慘！」清木的女人阿春坐起來：「咱住廟邊，知道跑來廟內避，啊那些莊尾的，慘嘍！」一邊叱著依臥在龍柱邊的兒女：「要放尿出去，這裡是神明的所在，若給您爸撒到褲內，你的膈邊會給你爸捏烏青。」

「放下了，放下了！」一個較大的孩子告著狀：「阿弟早就放下去了，還淹到我呢！」哭喪著臉。

「明明你也撒尿到褲底，還說人家。」小的不服氣。

孩子在吵，大人沉默下去。在這時刻吵架也是好的。

天色，在雨中緩緩加亮。

「啊！龜！龜！」孩子興奮地叫著，原來，廟階上爬上一隻烏殼的龜。

「啊！去嘍！」阿新抬頭，乍見一抹天光，以及一條小小的水注，從廟的頂梁邊漆漆沙沙地落下來。

「緊喔！」扁頭衝到內殿，拿起一只尺高的香爐，接著傾漏的位置。

「這邊也有！」

「哎呀，那裡——」阿新也站起來。

「這，這，這……。」

「那裡，那裡——」

「倒邊也漏，啊！」

「正邊也漏，緊！緊！緊！」

女人們都站起來，抬頭，蒐集著淅瀝漏著的位置。

「緊咧！大家做夥卡緊啦！」

暗影裡，所有人慌亂地摸索著盆、盂、缸、桶，連戇仙也呀呀呀……地叫著、指著。

霎時，水聲在每個容器裡，滴咚滴咚地響起來。

吵醒了的孩子們，興奮地張望著廟簷內裡，企盼能發現新的漏處。大人們則抱怨著天公。

天色像泡了太多水的茶花，漸漸有了濁濁的明度，小孩子們在廟前除了發現龜，還有游動著的魚。戇仙尤其歡喜，任碗粿嫂緊緊地拉著，還是被他掙脫，他一骨碌就跳下去，在水裡踩著、蹦跳著，濺起一朵朵水浪。

「要死啦！要死啦！」碗粿嫂插著腰，罵著，又好氣，又好笑。

「管伊，管伊，放水流，放水流去，省事。」阿春啐了口痰，罵聲「死囝仔」。

終於有人出現了。是駐紮在沙崙高地的部隊。

那被從村尾救出的人家，全被安置在廟內。有人從莊頭過來，傳述著駭人的消息……

那新掩上土的墳，淹溺在汪汪的水洋中，由於位處圳的下游，才入土的棺木，一具一具流出來，有的棺材蓋都被掀開了。

聽說，水流中，有手從棺材裡伸出來，以無力的姿勢，揮動著、揮動著，直到東邊的水閘，才被圳壩擋住。

出動官兵救災的部隊，在風雨中，慌忙駕著胡亂編成的竹筏，在有才村裡穿梭著。

鄉長和李主管冒雨乘著橡皮艇出巡，第一站便來到臨時成立的「救難中心」——萬聖宮，有人向鄉長討麵包，鄉長嚥了嚥口水，要大家忍耐些。

一位士兵泅泳到派出所的「指揮中心」裡，氣急敗壞地告訴那裡的長官，村子西北角的老人，固執地堅持著不願離開那已崩頹的屋子。而水就要淹沒整座牆垛。

待村長隨同上尉連長抵達時，老人依然坐在無頂的廳室裡，手裡緊抱著祖宗牌位，猶嗚嗚地呻吟著。

「榮伯，榮伯，我是振華，危險啊！」戴著安全盔的村長，和戴鋼盔的黑臉上尉，一左一右地想要扶持起老人，卻怎麼也拉不動。

那虛弱的榮嬸，已被扶上大卡車，無意識地啃著硬硬的乾糧餅乾。

士官向上尉報告：「我們發現時，老婆婆已經休克了。」

上尉讚許士兵們的舉動。對堅守廳堂的老人，卻束手無策。士兵們找來醫官。那戴深度眼鏡的白皙少尉，用手指撥開榮仙的眼皮，並且詢問周邊的士兵。

「他一直囈語著，而且喊著四十一、四十一。」士兵說。

「是啊！四十一，四十一條冤魂，攏轉來了，攏轉來了。」榮仙竟接著自語著。

「一種短暫的精神錯亂。」少尉醫官斷定他：「嚇壞了吧！」

「那有可能？榮仙的場面見多了。少年時，還去南洋打過仗呢！」村長振華說。

「最好送去醫院。」少尉說。

「救護車開不了，路況又差。」醫務兵皺著眉頭。

鄉長和李主管也來到榮仙厝前，他們跳下橡皮艇，躍過堵著沙包的廳門。村長約略把榮仙的境遇向鄉長簡報一遍，鄉長憂傷地看著兀自仰視著天空，讓雨水落入嘴裡的榮仙。

「起痟了麼？」他輕聲問。

「眞慘。」李主管感喟著。

「榮仙，你還認得我嗎？」鄉長欺身上前，俯瞰著榮仙的臉。

榮仙輕輕點頭。

「你不要傷心啦！榮仙，風颱過後，我一定想辦法給你修理厝。」

榮仙的眼神，飄向鄉長的臉。

榮嬸回過神來，央求士兵背她下車。她撫著榮仙蒼白的臉，又哭了。榮仙也恢復知覺了，看著女人，翕動著嘴唇，問：「咱輸了，咱輸了？」

「無啦！贏了，贏了，風颱馬上過去了。」村長說。

「榮仙，你無輸啦！」鄉長也接口道。

「無？輸？」榮仙竟伸手，用中指和食指做著「V」的手勢。

「二嗎？」村長問，一臉的疑惑。

「勝利了？咱要回轉去嘍？飛機不再來轟炸了？」榮仙臉上無辜的表情，沁著一絲微微的笑意。

鄉長向在場的人示意，大夥一齊伸出食、中指，比著「V」，又齊聲回答：「是啦！是啦！」

「啊！勝利了！勝利了！」榮仙終於站起來，「V」的手勢顫抖著。

「啊！二十二！二十二！」村長振華瞪大眼睛，頓悟般地點著頭。

而這消息是瞞不住人的。

尤其是在風雨過後，即是遍地金色陽光的仲秋前夕。人們在屋頂上、田區裡，傳遞著榮仙洩露天機的訊息。

屋頂還透光，門庭內的泥腥還出水，田疇裡雜草和爛泥尚十分蒼鬱。

彼日，屋頂上的敲打聲停止，田區的人影暫息。斷絕的電訊重新恢復。

開獎了！開獎了！果眞是「二二一！」「二二一！」中了！中了！

鞭炮從殘傾的門桁垂下來，劈哩叭啦地響起來，在猶帶濕氣的地上，爛碎開來。

八、甜蜜有才村

就在榮仙夫婦被接去北城的安老院後不久，一個名叫「薇拉」的颱風，繼「韋恩」之後登陸本島。

有才村的人們，立即又墜入「薇拉」的迷思裡。人人都抱著收音機，緊盯著電視螢幕，爲的是知曉「薇拉」正確登陸島岸的時間，以及她的風速、半徑，這些數字立即成爲下一期「大家樂」的熱門籤號。

直到颱風過境了，陽光重臨大地，開獎的訊息給全村帶來無限的哀傷（因爲沒有人中獎），有才村才逐漸從夢魘中甦醒。

田區裡，所有的農作物沉淪在大水後的污沼裡；整個有才村，好似經過一場戰亂；所有的電線杆歪歪斜斜，所有的瓦屋全掀開簷頂，墳墓的風水也少有完好的。萬聖宮的香火也僅稀星二三。

有人歸罪村尾挖渠的水利會，把有才村的好風水破壞了。那一渠圳壩，正切中龍脈中腹，以致，人亡水淹，大家樂連連不樂。

於是，莊頭莊尾開始有人遷居，有的到都市裡的兒女處，有的另探良地，偌大有才村的住戶，才幾個月工夫，就顯得有些空蕩蕩的了。

部分的建地，被眼尖的商人買去，準備蓋「鄉村別墅」，現在，樣品屋已在中勝路口搭起，印著「有財別莊」的小旗子，插得滿街是。

有些田畦，被鄰村人賤價購去，正在埋土、播種，不幾日，原本荒蕪的土地，便長出青綠的芽苗了。

至於，榮仙那片偌大的厝庭，由於植種著一些果樹，被阿中伯買下當蜂場。阿中伯在颱風後才返鄉，除了出資修廟、將墳場整理好外，還替從醫院返來的羅漢腳順安頓好生活，羅順就在榮仙的老宅住了，負責蜂場的門禁。阿中伯少小離鄉，隨人在南投山區養蜂採蜜，「蜂王牌」蜂蜜、蜂王乳，即是他的蜂場所出品；全省嗜食蜂蜜的人都熟悉他身上爬滿蜜蜂的蜂人商標。他把南投的事業移交給子媳，並且堅持回鄉養老，卻又閒不下來，便又開始養蜂。

人人都知道阿中伯是蜂王，蜂場還未開張，碗粿嫂阿英便來說媒，對象是清木的遺婦阿春。

「不怕被蜂螫死？」阿中伯笑說。他的女人在中年時，被一群蜂螫傷，加上做月子的風寒未癒，竟過世了，此後，他即未再娶。

阿英訕訕地走了。

過了幾天，阿中伯雇了一群工人來清理傾倒和枯死的果樹；阿春和她的孩子們也出現在蜂園裡，他們負責刈草、掃理地上的枝葉。

「啊——」羅順指著那株枝幹叉裂開來的柚樹，揮手阻止工人的鋸子：「慢著！慢著！」柚樹的枝椏都已乾枯，露在外面的白色裡肉，工人們順手一攀，整株柚樹只剩傾斜的身幹。

「看到沒？看到沒？」羅順把臉湊近柚樹：「啊！一粒一粒的芽，看到沒？看到沒？」而其他準備鋸去的樹，竟也都或多或少地吐露新芽。

「好兆頭，好兆頭。」阿新興奮地說。

「這裡，這裡——」阿春的孩子喊叫著。

他們蹲在地上，撥拏厚厚的枯葉，挪入籮筐裡；葉垢下，露出微沾苔綠的地衣，而苔綠間，是一簇一簇錯錯落落的新苗。

「注意哦，蜂會叮人。」阿中伯手執灶香，驅走紛紛飛落周遭的蜜蜂。

大夥看著阿中伯驅蜂，引蜂入箱，似乎，蜜蜂都被他馴服了。

「若想打蜂，蜂就會咬你叮你。」阿中伯伸出手，以輕微的揮動，像在對老友打招呼般：「看，這樣——」他的手勢十分柔和：「蜂仔也有感情啊！」

阿中伯蹲下又起立，審視著一株株殘敗的樹，最後決定，不砍也不鋸任何一株。

「這些樹沒有死！」

大家都附和阿中伯的話。整個下午，便一直在和樹拔河，所有的樹都扶正了。

蜂園便正式在交冬時令開張了。人人都讚阿中伯的「冬蜜」又純又香。

有才村似乎已恢復了往昔的溫暖、甜美。

阿中伯的子媳返鄉的消息，在街市傳了開來，聽說是不放心老父孤寡生活，爲了盡孝才回來的。又聽說因爲蜂蜜市場競爭太烈，他們結束了南投的蜂場，將所有的精神財力投注回鄉。又有人說，是這樣的：有才村是一處適於養蜂採蜜的好所在，看啊！到處都是蓊鬱林木，和肥厚的花草，本是天然的蜂園哪！

總之，有才鄉有才村甜蜜起來了。

萬聖宮裡傳出了如下的訊息：凡蜂鳥築巢聚居的地方，必發。

所謂「發」，當然是發財啦！

於是，有才村緩緩地甦醒過來；那在大風大水之後，已消匿的風潮，又逐漸逐漸地湧起了。

那日，中獎的號碼經由收音機播出不久，幾乎全有才村的人都擠進了榮仙的故居——現在是「蜂王之家」。

人人都像在瞻仰偉人般地踮足仰視，並且發出由衷的讚嘆。

羅順站在高腳凳上，漲紅著臉，結結巴巴地向眾人傳述著。

「多麼神妙啊！」羅順嘆了口氣，滿足而驕傲。

「我就知道這塊土、這幢厝，不是普通的厝庭，啊！自從蜂園開張，遠近的蜂群，全都飛落下來，好像王在呼喚伊的藩邦臣民，天下的人全都聽伊的聖旨。」他夾雜國、台語，愈講愈生動。

最後，他指著背後快倒未倒的土牆，將發現神蹟的經歷重複一遍。

昨午，伊見牆上一列列黑色的螞蟻在操兵。

「千軍萬馬啊！」

羅順想要用火焚燒烏鴉鴉一片的螞蟻。

「歐吉桑講過，愛物惜人，自有好報。我就沒有點火了。」

然後，他看到螞蟻像踢正步一般在牆上操練著，有的在編隊形，牠們似乎面臨什麼國家民族的大事，紛紛擾擾，卻是秩序井然。

「你們說奇怪不奇怪？」

今日一早，羅順見螞蟻不見了，牆面上只剩下幾隻。

「牠們一定是在演習，留在上面的是哨兵哪！」

聽眾們有些不耐，卻又不得不仔細聆聽。羅順已非昔日在市街掃拾垃圾的羅漢腳順。今日的伊，已是一副莊腳紳士的打扮，一件斜紋襯衫，配上阿中伯送給他的舊式西褲，還連著吊帶那種。村人都說，羅漢腳碰到貴人，伊整個人也變得十分貴氣了。

「下午，我經過時，看到牆上的字，啊！我還以為那家調皮的囝仔在牆上潑黑墨寫字呢。

仔細一看，啊！啊！就是這樣！就是這樣，看哪！三八、六二、十三，清清楚楚，啊！天機啊！」

有人在底下竊笑過年前木旺和阿三的爭執，那木旺和王代表把臥室牆上螞蟻影痕，當做三三，兩人連袂買盡有才鄉各村的大家樂「三三籤」，結果啊，兩人差點當褲底，血本無歸啊！

可是，這次，竟是那麼清楚。

地方記者訪問了阿中伯的子媳，以及羅順，並且在牆上拍了一些照片。

有人說，咱有才村要出脫了，明天，明天就會成爲新聞焦點了。

人人都在爭睹牆上螞蟻排列成的字形，三八、六二和中獎號碼一模一樣。

阿中伯在開獎後的第三日，出現在街上，大家向他道賀。他都一臉疲乏，只搖搖手，也不講話，嘴角有一抹少少的笑意。街上人家便說阿中伯是神祕人，一定是中了大獎了。

經過新聞報導以及人們的傳述，蜂園的訪客倏地增多，整個有才村又恢復往昔的熱鬧，街道、馬路上，天天擠滿車子。

在國中教生物的一位曾老師，告訴蜂園主人阿中伯的兒子，螞蟻是種怕熱又怕吵的小動物，那麼多人每天在牆垛前徘徊，恐怕會使螞蟻撤退。

於是瞻仰牆垛的時間受到限制。愈限制來看的人愈多，而漫天飛舞的蜜蜂，趁機叮人，好在阿中伯在屋後種了一畦芋仔，芋仔切片可以治輕微的叮傷。蜜蜂並未阻止人潮。

羅順告訴村人，阿中伯和伊子媳吵嘴了。伊忽然變得嚴厲、暴躁，每天就躲在果林裡，和蜜蜂爲伍，也不見訪客。

在村人的要求下，阿中伯的兒子英俊，終於接受牆垛上的蟻行是「天機」的講法，並且答應村人願意做「組頭」，但是要兩期一次，一方面他要照顧蜂園，一方面伊老爸會不歡喜。兩期一次，使得參加買籤的人愈多，聽說「樂金」已高達百萬元。

次期獎券又開出來了。下午，各地湧來的人潮，再度擠滿蜂園，那牆垛上又出現了蟻字——六三、一八，多麼清晰！大家連呼可惜啊可惜啊！怎麼這一期不下注呢？同時也增加對下一期的信心和希望，人們提著鈔票，搶著買籤號。那原已香火黯淡的萬聖宮，竟也暢旺起來，廣場前，除了缺少野台戲棚外，小販的叫賣聲，好像只爲了宣洩什麼，那般沙啞地喊喝著。

蜂園的開放時間更嚴格地管制了。派出所甚至在大門口設置了巡邏箱。

乾燥的秋日，忽然起風，夜裡，雨斜斜下著，天色墨黑，幾聲「咻——砰！」的爆響突地撕裂村野的寂靜，嘈雜的喧呶，引來群狗的狂吠，急促的奔跑腳步，使有才村厝內的燈條地亮起。

叱罵和輕泣在斜風細雨中，格外叫人起疑，那是從蜂園傳出來的。

有才村再也見不到阿中伯的兒子英俊，而阿中伯也閉門不出，唯一出現在街市的羅順，斷續地證實了英俊被警察押走的傳言，伊曾在城市裡參與一場豪賭，把南投的蜂園輸掉了，還背負了筆無法還清的債，不得已才返鄉，債權人邀了黑道人物找到有才村。

「淒慘啊！」羅順垂著頭，後悔到蜂園工作，至今一文工錢也未拿到。

有才鄉喧騰起來。

街頭巷尾認眞地傳述著，關於牆垛上「天機」蟻字的疑點。有人悟出螞蟻嗜甜，而殘傾的牆上有千萬個蟻穴，只以甜蜜引誘……

開獎前二天，是秋末虎般的豔陽天，蜂園四周已有看熱鬧和探眞相的人。

羅順聲稱他已離開蜂園，而阿中伯和榮仙一樣，已呈現出精神不穩定的現象。

開獎彼日，警察擋不住包圍住蜂園的人潮。

阿中伯的媳婦涔涔淚流滿面，哭訴著：英俊將所有的「彩金」都攜走了，如今家裡連一張鈔票也沒有，所幸還有一些蜂蜜，可以賤價求售。

這時，人群裡有人開罵：蜂蜜，摻水，酸溜溜！夭壽短命！喝了落屎。

在街上開雜貨店的阿德說，「蜂王牌」垮台了，都市的商店已不再販售「蜂王牌」的產品了。

羅順站出來，說從上個月起，蜂蜜遭到大批退貨，蜂園倒得滿滿是，以致，整座果樹和屋子爬滿螞蟻。至於天機的事，完全是英俊搞的把戲。起初，他也相信「天機」，甚至把鄉長上次發的慰問金也投入英俊的「大家樂」組裡。羅順大聲罵著，罵著，竟哭了。

碗粿嫂阿英不知什麼時候也來到蜂園，自從她的「戇仙」被送去高雄的「龍發堂」，她又恢復了賣碗粿的生意，參加大家樂，卻是無籤不「槓龜」，這一次，滿懷希望地買了英俊的組號。

「啊！」阿英兩鬢髮絲因汗垢散亂在臉頰上，她叫著：「進去，進去！搬蜂蜜、蜂王乳回家飼豬也好。」

她用雙手排開前面的人，像一個英勇的泳者泅水大門內，接著眾人也紛紛湧入。

英俊的女人哭得愈是凶猛。她一把抱住碗粿嫂，哭求她帶大家出去，伊的公公在裡面，已經被英俊氣病在床了。

碗粿嫂手一揮，咬著牙：「你厝不能死人，別人厝內死了了無要緊。」

眾人進入蜂園，在汗與酸蜜的氣味中找尋目標，有人順手折下果樹枝椏，有人踩斷剛冒出地面的苗栽，任英俊的女人怎麼哀求也枉然。

這時，走在前面的阿英，停下來。

前面的柚樹叢蹲著一個老人，是阿中伯。柚樹叢邊是龍眼樹，樹下羅列著一排白色蜂屋。

「在笑，伊在笑。」阿英轉頭過去告訴後面的人。

大家都看到阿中伯在笑。他慘黃的臉上，沾著一粒粒汗珠，嘴角向下低垂成一種哭的弧度，但他明明在笑，呵呵呵……眼尾的皺紋飛揚起來，整張臉被這種笑容扭曲著。他裸赤著上身，黑黝卻顯得鬆軟的胸脯，因呼吸而起伏著。

「不要逼人太甚吧。」阿春忽然欺身上前，擋住一步向前的阿英：「一個老人，你要逼死伊才甘願，碗粿的，做人要有良心。」

阿英插腰：「又不是你尪，你管什麼？」

豆花林過來勸說算了，算了！愈勸，阿英氣勢反而更凶，阿春也不讓步，兩人由推拉到扭打，一些由外地趕來的人爭著看熱鬧，莊內的人開始有撤退的意思。

啊！啊！啊！啊！

哎喲！哎喲哎喲哎喲！

喊叫聲猛地宣洩開來。

從林蔭間灑下的是碎琉璃般的秋日陽光，每個人卻都抱著頭，往地上滾，滾成一團，邊打滾邊喊叫。

啊！啊啊！

女人尖聲叫，男人嗚啊喊。又滾又爬，爬出蜂園。

當頭飛下的竟是密麻麻的蜜蜂。

阿中伯將蜂箱的網門全都打開，林空裡，紛飛著金黃色的蜂仔。

羅順喊著；大家快拔芋仔，搽身軀喔！

沒有被踐踏、毀葉的芋栽，剎那間全拔光了。大家剝開芋葉，努力地將芋仔往身上搽。

蜜蜂呼——飛來飛去，雲似地籠在人們頭上，將微微的細針，釘刺在人們身上。

黃昏的時候，吉發西藥房和街上掛著「李一般科診所」的醫院，全擠滿人。所有的紅藥水都用來搽蜜蜂的叮傷。

迎著夕照，有才鄉的人都像發了牛痘，個個臉上、肩上、頭上都是一塊塊的脂紅，像歌仔戲班末及卸妝的丑角，大家邊行路邊又氣又笑地互相指點。

榮仙的老宅——蜂園，恢復了颱風後殘敗的景象。

聽說，英俊潛逃回有才鄉。

拂曉。民國七十五年十一月十六日，天暝暝亮的時分。

一群男女潛行至蜂園四周。

混合著香與臭的殺蟲劑濃味，在園柵四周漫了開來，停在果樹、花叢間的蜜蜂，紛紛垂翅落下。

「好了，好了。」羅順點點頭：「有夠了，有夠了，死了一大半啦！」

「驚什？」阿英凶惡地瞪他一眼：「你娘都不驚，你無卵芭嘛？」一邊又按著噴嘴。

「消毒嘛！幹！」阿德丟了空罐子，將口罩扒開縫透氣。

「就不信這夭壽仔英俊，還賴在裡面不出來。」天助說：「老鼠避在洞穴裡，總要出來偷吃。」

「阿中伯實在衰，生這款兒子。」

「本來就是老鼠，那能孵出什麼好種？誰不知阿中伯少年時也是一個……」阿德後面的話被豆花林的手勢阻止了。

「人都要入棺材了，還挖伊的垃圾？留一點口德啊，阿德仔。」豆花林說：「咱要找的是英俊，不是阿中伯，伊……」

「哼，豆花，你的頭殼裝的也是豆花，別忘記英俊倒你多少錢，還替伊老爸講話，說不定，哼阿中伯的病是假的。」天助提高音量。

「就是，就是，錢拿不回來，將蜜蜂毒死，也出一口氣。」阿德說：「你這個豆花，看不出還有仁慈的心，嘿！這透早的出擊，不是你提的主意？」

豆花林漲紅著臉，訕訕地呑著口水。

「唉！唉！說不定，我、我、是看錯了。英俊，英俊並無轉來也說不定啊！」羅順揉著眼睛，他從竹籬笆的塌處退出來：「厝內沉死死，無一點聲息。」他拏下預防蜜蜂而套在頭上的塑膠袋。

「你呢！羅順，你以爲你是黃俊雄，把我們當做布袋戲尪仔，在掌上轉來轉去。」阿德瞪他一眼。

「天都光了，我看，走了吧！」豆花林說。

「驚猾的，無卵芭。」阿英笑了笑：「別人看到就看到，還會替我們鼓掌呢？這幾天，莊內的人被蜂叮傷的有多少啊！這一厝內無良心的，騙人還吃人還要放蜂叮人。」

「奇怪喔，天邊，啊！」

驀然，天突然出現一片藍白閃光。

「啊！在搖！在搖！」羅順驚叫著。

「啊！」阿英抱著頭，忙扶著身邊的木麻黃樹幹。

搖！搖！搖！搖！

「地震啊！」豆花會過意來。

呼──嗚！

呼──嗚！

一種低低的悶吼，從遙遠──不從身邊傳來，像某種被窒壓著萬噸重量的動物，努力想卸下重擔，卻又無法擺脫負荷，那種憤怒的沉吼。

「啊……啊！」

樹葉沙沙沙地搖著，搖著。

「是地牛在翻身。」阿德趴在籬笆下，一臉的白。

「啊！」你看。

大家搖頭，蜂園內的竹棚以及那幾間榮仙留下的老屋，以一種緩慢的速度，輕輕推倒了。

「緊啊！」豆花跳起來：「裡面有人。」

「啊！啊！還在搖，還在搖！」阿英奮地爬起來又趴下去。

殘傾的壁垣間有哭號的聲音。

男人們不顧空中飛舞的蜜蜂，衝進籬笆內。這時，ㄅㄧ——ㄅㄧ——ㄅㄧㄅㄧㄅㄧㄅㄧ！急促的哨音忽然響起，路邊的竹林裡湧出警察。

「不要動！」李主管持鎗叱喝。

「我們早就埋伏好，等你們好久了，就知道你們……啊！怎麼在抖，這地……。」年輕的警察扶住身邊的竹子，一臉的狐疑。

「地震！啊……。」李主管會過意。

「救人要緊啊！」天助大聲說。

大夥一齊奮力搬挪著磚瓦和頹斷的屋梁。

「這裡！這裡！」

老人和女人、小孩從瓦礫堆中拖救出來，豆花林用伊隱藏在甘蔗園裡的手推車，將一家人送到街上的「李一般科診所」。發現整條街一片混亂，市場的攤棚也傾倒了。

七時零四分，第二次顯著的地震，又將有才村輕輕地搖動起來，搖動起來。

「地怎麼一直抖？啊，地在發抖，發抖啊……」羅順驚慌地奔出。

所有的人都奔出來。

有些颱風過後才修整過的屋子，又出現裂痕。連「萬聖宮」的龍柱也出現一條細細的縫隙；廣場上，去夏王爺生日才起造的噴水池，竟裂了口，水都流洩出來，池裡只剩幾枝蓮，在泥巴裡撐起欲開未開的花朵。

「萬聖宮管理委員會」發現供在神殿上的眾神，不知什麼時候，又被扯去了鬍子、帽子，那群因未包庇中獎，被認爲失去神力的土地公、恩主公、雲長公，以及大樹公、石頭公，以至丟棄在圳溝田邊，由管理委員會收留入廟，暫置禪房內的眾神祇們，因爲地震，竟都從供桌上跌倒落地，有幾尊還斷了胳臂、脖子。

「啊！慘！」委員會諸公驚嘆著。

大家討論著「依各戶丁員徵募油香錢，以整修廟殿和重雕神像」的問題，整個下午也沒有結論。癥結是現在的有才村對萬聖宮已不再如以往那般信奉了，連神明生日都只三二副清清素素的牲禮。

「萬聖宮的香火一定會再興起來。」村長說：「看啊！水池裡的蓮花，不是開了嗎？好兆頭！好兆頭。」

「好兆頭，敢會是中大獎的天機？」吉發搓著手，一臉虔誠：「若中大獎，修廟就有著落了。」

「啊！對了！對了！」扁頭站起來，興奮地叫著：「今天幾號，今天幾號？」

「對了！對了，簽下去，簽下去，就簽這十一、十六二支。」

眾委員興奮得擊掌，一致說：「有希望了，有希望了！」

廟前廣場上，灑著一地金黃的陽光。噴水池裡，開得十分暢旺，火一般豔紅的蓮花，在微風中，亭亭端立在污沼的泥中。

某年某月第七日

反共義士馬振

音樂響起。

……祝您生日快樂！

……祝您生日快樂！

……祝您生日——快——樂！

「嘿！」

孩子們附和著喊，眼睛卻仍注視著螢幕上的棒球遊戲，小中按鈕的手，簡直像在發射飛彈，用力，用力，用力！

「爸！生日快樂。」維松站起來，推了推經年戴著的近視墨鏡。

「生日快樂，爸！」維揚啞啞的；這傢伙八成又通宵麻將了，話沒說完，便張嘴打呵欠。

「快過來啊！小中、小文，來啊來啊！」美美揮手喚著仍在電腦螢幕前的孩子。

「就是不懂事！」維松斥著。

「看誰乖，來來小勇啊！快說，祝阿公生日快樂。」莉莉媚媚假假地笑著。

「眞皮啊爸，別介意，這些小鬼，唉！時代變了；爸！生日快樂。」美美推著孩子：「說啊！生日快樂。」

孩子們敷衍著喊：「生日快樂。」

「好啦好啦！」我受不了這虛假的對待。時代是變了，這我不否認，但家庭倫理是不能變的啊。我，馬振，今天，七十大壽，冷冷，清清，連老三維英都可以缺席？

「孩子們懂什麼?」我替小傢伙解圍。孩子們是不懂，但你們，爲人子、媳的，能不懂嗎?要教啊!

「爺，生日快樂!」小文挨過來，一張臉紅撲撲的。

「還玩啊?混球!」維松拍著沙發扶把:「看我砸了電視。」

「爺爺，生日快樂!」小中要哭了。

「乖乖!去玩去玩吧!」我摸摸小中的頭，他卻像縮頭烏龜般地避開我。當然，我也有自知之明，這些小鬼，在我那些愛乾淨的、精明的媳婦薰陶下，個個都怕我的「老人味」，別以爲我不知道;凡我用過的器血，她們莫不清洗加上消毒煮沸同時做上暗號。我再次地肯定，時代是變了;愈來愈糟。

「那麼凶幹嘛?」美美責怪丈夫:「不玩就是了，教育孩子，哼!那能再拿軍國主義那一套。」

嘿嘿!長媳美美意在言外，含沙射影，哈!兒子們最喜歡拿我早年訓練他們的往事，來消遣自己了。我的耳力可不差咧!他們聚在一起，這故事總要搬演一次的。

「哎，哈!」我忍不住笑:「是啊!總不能帶這幾個寶貝蛋去野外爬呀、跑的。」

「呵!爸眞有幽默感，我們可不止出操，還要練習喊口令呢!在小學操場，每天早晚，啊——啊——喊得喉嚨痛，被人家說您神經有問題，我們呢!嘻!就成了神經仔。」維揚嘎嘎地述說著。

「這個，永遠忘不了呢！」維松說：「再不聽話，阿公可要帶你們去總統府前踢正步了！」孩子們對他的威嚇覺得有趣，一窩蜂叫著：「好啊！我要去，我要去！」還眞的吵著要去呢！

「外面，哎！最近可眞熱鬧，亂啊！」莉莉說。

「切蛋糕！切蛋糕。」美美把塑膠刀抽出來：「爸，您來！不等了啦！維英他們——」我攏著三個孩子：「來！一齊——」吹掉燭火。

一刀下去，嘴饞的孩子們爭著蛋糕上的櫻桃、黑棗，也不是眞吃，就喜歡鬧。我就是喜歡這樣，莉莉卻制止小勇：「搞清楚啊！這可不是你家。」一巴掌就要下去，小勇把盤子裡的蛋糕打翻了，美美一臉不悅。

「別讓人家在背後罵你沒教養。」莉莉還不放過。

這幾個媳婦就是如此這般，愛爭風吃醋，明來暗往的，有時令我厭透了。

「對了，爸，維英不是說好昨天回來的嗎？」美美是蓄意轉話題。

「唔！」我清了清喉嚨。

「眞是，爸的七十大壽呢！」莉莉挑著嘴角，睨維揚一眼。

「他回來，我可是要說說他的，那有這樣子的，出國去玩，讓您一個老人在家守著，虧他做得出來。」維揚憤憤不平。

「哎！是我自己不想去的，他機票都訂了。」我實在不想介入他們似眞還假的戰爭，誰不知道他們在背後一致對著我。

「也該通知我們一聲，接您過去啊！喔！就丟下您看門，萬一，哎……。」

我知道維揚下面的話，無非是咒我有個三長兩短什麼意外的。

「就是嘛！爸對這裡又不熟。」莉莉和維揚可眞是一搭一唱。

「您自個關在屋子裡十幾天——」維松有些眞心，畢竟他是長子，我看得出來，若不是美美棄嫌我，怕吃虧，他是願意接我去長住的。

「很好啊！哈哈！」我故作爽朗：「別擔心我，路不熟，我就不出門，每天，哈，伸伸腰，在屋內打兩趟八卦拳，不然走樓梯，從一樓走到頂樓，早晚兩趟，蠻不錯的。」

他們當然不必知道，我是如何排解寂寞的。每天，從早報到晚報，電視節目從有聲音到沒有聲音，還有二十四小時都有的電台廣播節目，以及我獨享的祕密的快樂——這當然不必爲人知——如果他們知道了，準會緊張死。

「爸，您不怕悶啊？」莉莉問。

這精明、刁鑽的媳婦，可是個厲害角色，她有洞悉人心事的本領，有幾次她都差點刺探到我的祕密。而這次維英、珍珍出國前，我明明聽到珍珍給她打電話，告訴她，我自個在家等等之類的事，好像還交代她去代繳一筆什麼股金之類的錢，她卻能不動聲色，佯作不知我一人守屋。

這幾個人互相交換眼色，分明有什麼鬼。

我站起來。尿急，啊！眞的尿急，鼠蹊部一股脹、熱，我吸氣、咬牙，衝進廁所。卻是點點滴滴，用力，舒服些，仍然脹。這可惡的尿意，竟成了兒媳飯後的談餘，我總是忍不住啊！而剛才她們努力地摀緊鼻子，意思相當明顯，怕臭！活該嘛！不管老子死活，進了門，被熏，哈哈，聞我的尿味，活該！

他們在笑，只有維松悶著臉。

我跌坐在沙發裡。這個位子，她們居然也忌諱坐上去，我觀察好久了，她們寧願坐矮凳子。怕我的痔瘡。ㄆ——ㄆ——我放了個屁，痔瘡就是這樣，屁聲連連，嘿嘿，臭死你們，臭死你們！

維英夫婦倆不回來也罷，免得惹我氣。

這個月輪到他「供養」我（好聽的話是「奉養」或「侍奉」，其實是閩南語的「飼」，與飼養一頭老狗沒兩樣的「飼」）。在我還在維揚那兒時，他們就計畫好要出國，我是他們隨身攜帶的「行李」之一。當然，這對寶貝蛋以陪老爸出去走走的名義，公然向兄嫂宣布；我知道他們安的什麼心，偏不遂他們意，在出國前夕，告訴他們，老子不想出去了。我不否認，這有試探的性質（嘿！試探，也是一種樂趣啊！）沒想到，他們根本不在意，走也走了，卻不忘羞辱老子一番。

我記得，珍珍一副如釋重負的樣子，嘩的打開半身高的手推式行李箱，掏出來二大包的「安安」成人紙尿布，當著孫子小雄的面前說：「那好，爺爺用的尿布不帶了，你可以帶你的玩具了。」

「爺爺，啊哈爺爺用尿布啊……。」小雄哈哈啊啊地廣播著。

「小雄，別胡鬧……。」維英笑著制止。

「喔！爺爺，您會尿床，對不對？我知道了，我知道了。是爺爺，不是我，不是我！」

小雄和我睡，每夜，床墊上的濕，是我半夜醒來、睡不著的主因。他們幾次當著我叱罵小雄那麼大了還尿床，我、我能說什麼呢？原來，維英和珍珍早就知道，尿床的不是小雄，是我……。

我關起房門，不再答理他們。

維英來敲門，低聲道歉。然後，他們就走了。這能不令人生氣嗎？

我生氣，當然也氣自己。

這毛病，最近犯得凶，從埔姜村到台北來之後，尤其厲害，連看見紅燈、滿街的車子，也會使我的膀胱一陣脹、痛，天曉得這病怎麼纏上我的？至於，看醫生的事，是免了吧，我怎能丟人現眼到公共場所？聽說，台北的醫生大都是看「病」，不是看「病人」，他們常把病患當做觀摩、實習的教材，去年，秀枝就是例子啊，她胸部長的瘤，竟被一群毛頭小子，圍觀了一個多小時，又摸又敲又討論的。

秀枝，唉！

想到她，心頭就一陣緊。

也許是在她住院那段時日，我開始有那樣的尿意，急、脹、憋、痛。那床頭上的紅燈、電鈴，那夜深時擔架輪子在地板上急馳、摩擦的聲音，歷歷如目恍在耳際啊！忘！那忘得了！她走了，一言未留，沒想到那麼快的，二年都拖過去了，卻熬不過清明，埔姜村人說「節就是劫」，也有些道理。想想，一個同床共衾的女人，最親最切身的妻子，忽然化成一罈白灰，眞與幻，太無常。自她逝世後，我是委頓了，大家都在勸我，勸什麼呢？秀枝在時，我從未感覺「老」字，她走後，「老」不僅颱風般颳得我弓腰駝背，還帶來「死」的威脅。

我也想過，死，是什麼顏色？黑色！滴漣漣，滲透人的血，蝕透人的肌顏。或是灰色，帶點黯黯的白，如骨灰那樣的輕，一掬，隨風，什麼也沒有，只留下在世親人的夢魘，就像秀枝留給我的。

「老」是什麼？

老，是沒力氣，沒興頭，對一切乏味，譬如，我以前對維松他們，有不對，就講，甚至罵、打；現在，算了，連開口也懶，隨他吧！

老，是忘了許多事。也許，是連想、回憶的心思都放棄。可很多事，不必想，自然就浮現出來，就如魔般地籠罩著心頭。兒媳們老提醒我，爸你忘了啦！忘了什麼呢？忘了鼻梁上明明架著眼鏡，卻到處在找；忘了看過的報紙，又拏起來看一遍，似曾相識，喔！

老，是經不起人家一再提醒的。

老，就像我現在靜靜坐在椅子上，裝作微笑，看他們搞東搞西，其實是在想自己。

「還不向爺爺說生日快樂！」維揚粗著嗓子喊口令，他把三個孩子湊在一塊。

「阿公，生日快樂！」

說完，孩子們看看我，媳婦們也看看我。

哈！

我在心底暗笑。

偏不讓你們得逞。紅包！沒有。忘記了。我人老。糊塗嘛！看得出他們的失望。

孩子們一哄而散，又去搶電腦鍵盤，換了「北斗神拳」，螢幕上，功夫小子正虯起一臂肌肉，發著怪聲。

「來吧來吧！」維揚收攏著桌子：「來八圈吧，爸，您好久沒打了。」

美美取出麻將，就在桌上堆起來。

我知道他們的伎倆，桌下的腳可是大有文章的。在牌桌上，他們可不來倫理道德這一套的。今天呢，是否會打個政治牌，故意輸給我一些，也就難說了。

打了兩圈，我就發現他們又在搞鬼。莉莉站在我背後，點點指指的，煩人，她髮膠味混著汗，髮絲都快碰到我的脖子了。

孩子們在電視機前吵了起來，美美的牌往桌上一摔：「再吵！趕出去。」

前門忽然霍地打開，是維英一家人；我、我感覺小腹一下又一股尿意。

「哎呀哎呀！都在啊！索哩索哩！」維英喊著，夾雜半生不熟的英語。

「爸，生日快樂！」珍珍搶在丈夫前面，叭！打開皮包，取出紅絨盒子「泰國鑽呢！爸！」

「金光閃閃喲！二克拉鑽仔，老爸，你戴上這個，就是全台北市最有價值的老人。」維英獻寶般。

「話都不會講，什麼有價值的老人，是最有價值的單身漢才對！」維揚說。

「呵！好，單身老漢。」我接過來，就不客氣戴上了。他們分明拿地攤貨來騙我。

「爸，你戴上這個，可別隨便出門，小心金光黨。」維松就會杞人憂天。

「老爸戴上這個啊，可得去釣一尾美人魚囉！」維揚說。

釣魚，美人。這些不肖子，他們的媽才走沒多久，居然跟我開這樣的玩笑。更令人啼笑皆非的是，上個月在維揚那兒，他老兄還興致勃勃的，載我去什麼老人公園，去參加什麼「夕陽派對」，被我咻咻狠罵了一頓。那些老鬼，怕死，每天在公園裡呼吸新鮮空氣，企圖長壽，個個又裝模作樣，男的故作瀟灑，女的花枝招展，個個賣弄什麼山歌、胡琴的，簡直把我氣得心臟病。可是，就在那時候，我感覺、觸摸到了自己的老。

「釣魚，嘿！爸，那天有空，我帶你去北海釣牠個痛快！」維揚討好地說。

釣魚，那天沒空啊？

這三個不肖子，還想到我的嗜好。從我被「綁架」（這感覺比「老」還深刻）到台北，我三餐無缺（飼飽了，如同某種動物），行動受管制（到那裡去，都要他們帶路，我對台北的巷路、高樓，有難以克服的恐懼），體重漸漸增加，行動趨於遲緩，手腳也不再靈活，早已忘了什麼是「釣魚」了（全埔姜鄉愛釣的人，都知道我「高桿」）。

「哎！臭死了。」珍珍在廁所裡大叫。

美美急忙過去，嘀咕一陣。裡面傳來刷洗的聲音，以及燥燥的無煙硫酸味道。

「小雄啊！，說阿公生日快樂啊！」維英喊著。

小雄那小子一進門，就奔向電動玩具，頭都不抬一下。

「怎麼，累不累？」莉莉問道。

「收穫不少吧！」維揚不勝欣羨。

「那裡。」珍珍從廁所裡出來：「我們在國外，每天聽台灣的股市行情，急都急死了。」

「大家隴干款啦！」維揚國台語並用：「輸括脫褲爛，指數從一萬二，輸——落落！直直落又直落，還往下探底，幹！褲底啦！」

大夥笑了起來。

「我也有啊！進場時二百多，現在，一百不到。」維松搖搖頭，悻悻地說。

我挖著鼻孔，拈著冒出來的鼻毛。他們老是在談話時，把我撇在一邊，其實我是在聽，本來也聽不懂，慢慢的也知道他們在玩什麼把戲啦！倒是沒想到一向忠厚老實的維松，也踩進那攤爛泥了。天，二百多萬剩下百來萬，難怪看他常哭喪臉。這人，不像他兩個弟弟，一個是今朝有酒今朝醉（有牌必打），一個是刁鑽鬼靈精點子王。

「還好，嘿！」維英拍拍腰間的「書包」（那玩意，似乎整個城市的人，都是腰纏一包）。

「手氣不錯？」維揚說：「我就知道，你們不是去澳門就是去九龍，對不對？難怪，都忘了老爸的生日了。」

「順啊！那捨得離開，財神爺叫我別走。」維英嘻嘻笑，一張臉油亮油亮：「爸，索哩！我給你吃紅。」說著掏出一疊大鈔，抽出一張：「港幣壹仟元，爸，請笑納！」

這傢伙就是會拍馬屁，其他兄嫂也是人手一百，連小孩也有十元，統統有獎。

「還有這個！」小子壓低聲音，喜孜孜。

維英翻開行李，從裡面掏出一個油紙袋，裡面的東西方方的，不用看，一定是什麼錄影帶或是原版小書之類的。維英最喜歡這一套，他從小就精力過人嘛！十八歲就帶女孩去墮胎，差點被女孩家長揍死。他還有什麼瞞得住我呢？這小子！

「嘿！繼續繼續——」維揚洗牌。

我站起來。

「爸，要上廁所？」老三問。

哈哈哈……嘻嘻……。

大家促狹地笑了起來。我是不動聲色啦，他們笑他們的，別在背後偷罵我什麼「老猴」就好了，反正，我裝裝迷糊，也就過了嘛！

「我腰痠，你們打吧！」我說。

從來，我有自知之明，我知道再不離桌，便有兩種可能，一是我當大頭，所謂的「肉腳」，這些盜匪，是連老爸也敢搶的；二是讓他們擠眉弄眼地罵我不識相。老，惹人嫌，我又何必呢？

維英不客氣地坐下去，他連領帶都未解下，手就開始毛起來。身爲老三，卻頗有領導能力的；一年十二個月，他可以換十四個工作，只求目的，不擇手段的傢伙。

珍珍匆匆卸下了妝，洗出一臉的虛白、雀斑，穿了睡衣就忙著「出場」當丈夫的參謀了，這對寶。

我忽然想離開這幢房子。

閉關十天，屋子裡一下子人氣、賭氣旺了起來，倒讓我有無處容身的感覺，而他們一定有很多話要講、要批評，且不喜歡我在旁邊，因爲，話題必定與我有關。此外，維英那藏在牛皮紙袋的神祕方盒，也必定趁我不在時才拿出來炫。

「誰陪阿公下去走走？」我伸出手掌，張開五指。

「五百啊？」唯利是圖的小勇一吆喝，小鬼們全黏上來：「五百啊？」

「對！」我拍拍口袋。

「我去！」

「我去！」

又吵起來。

「都去！」我抱起小文：「親一個，再叫一聲阿公，另加五百。」小文眞涎得我一臉是，他最小，還有八分天眞，最得我喜歡了。

「我才不要。」

「我也不要！」

其他的搖頭，紛紛表示清高，卻直著眼看著小文收起鈔票。

「不行吔！阿公，男生親男生，AIDS呢！」小雄聳著肩，做鬼臉。

「阿公的臉臭，都是蒼蠅大便，我才不要冒險。」小勇說：「我只要五百就好了。」伸手接過五百元大鈔。

莉莉眼尖，邊聽牌邊喊：「爸！別給他們錢，否則又去捐給網咖電玩了。」

「我眞要嫉妒了，爸！」維英碰地甩出一張牌：「東風！」

「爸，眞的別寵他們。」維松幾乎要站起來。

給不給錢，可是我的權利。要不，誰來陪我下去走一遭，五百。我的話沒出口，卻被維揚搶了白。

「爸，我也要五百，嘿！親你十下也可以。」維揚說：「記得小時候，爸，您可是閻王一般，誰敢親您？錢呢？呵，誰不知咱老爸一個錢打十個結，哈！」

「現在的小孩啊！」美美說著，她和珍珍倒沒有制止，只叮嚀著：「早點回來啊！要走好啊！」不知是對我講抑或對孩子說？

於是，我帶著孩子們下樓。背後，是一句：「老爸就是有錢！」管他誰說的，但包準會有一番精采、神祕的推測，關於我的財產，哈。

我當然不忘檢查隨身攜帶的腰布囊袋子、耳機、眼鏡、手杖。

孩子們下了電梯，一逕地往前衝。

「別亂跑、別亂跑！」我喊著。

「躲貓貓，阿公，我們來躲貓貓。」

我追著孩子們，一不小心差點被地面窪坑摔了跤。

小鬼頭眞滑溜，一轉眼，全閃了。

令我驚奇的是，眼前的社區公園，竟是最新的發現，雖然小，人卻蠻多的。

黃昏，打羽毛球的、放風箏的、打太極的、練外丹功的，人人都在忙碌著，這眞是個忙碌的城市啊，連深呼吸都要張大嘴巴，做呑食狀，喊著「啊！啊！」才搶得到空氣似的。這樣的情景，令我愈加懷念埔姜鄉，那廣袤的田野，金色的霞雲，南風吹送來的薄荷香，水田中倒映的天空，優閒的水牛，跨腳橋頭、田埂談著作物種種，辛苦卻愉快的村人……。

「阿公——」。

身後冒出的是小勇，故意要嚇我，我也裝作被嚇一跳，小鬼高興得什麼似的。

小文較乖，依過來。他的一千元在出門前，就被媳婦接收了。嘿嗬！鈔票眞是最佳的釣餌，對大人是，對孩子則是毒餌，我知道，子媳們談論最多的話題，是我的鈔票到底有多少？我腰纏裡的寶貝到底是什麼。

「阿公，你手上是蜈蚣嗎？」小文撫著我小臂上那斑斑節節的青紅疤塊。

「不是啊！你猜，是什麼？」我蹲下來：「仔細看看，猜中了有賞。」

「是蜈蚣，是蜈蚣！」小雄不知什麼時候竄出來。

「是字哩！」小中說。

「是『誓死反共』、『心向台灣』啦！」我宣布答案。前年，返鄉前夕，我將臂上的刺青祛除，留疤。

「哎呀！」小勇指著樹叢後，一對正糾纏著的男女，人小鬼大地吐著舌頭，還一手摟過小中，學著那男子在他臉上啄了一下，小中吱吱笑著。

兩個小鬼就這樣玩鬧著，東奔西鑽的，叫我眼花。

我緩緩站起來，兩條腿卻又頹軟下去。要命的是，頭剛抬起，耳蝸便吱叫起來，太陽穴要爆炸似的，面前一片星散銀鑽飛舞。

「阿公，你怎麼？」小文問道。

「還是你乖！」我定了定神。難道「老」就是這麼回事？

「聽話，阿公會疼你。」

「那阿公再給你香一個，我不怕臭。」

小文是聽話，卻跟她媽一樣，是個小錢鬼，五歲不到就知道什麼是私房錢。

「那好，五百！」

五百。

「謝謝阿公！」

錢拿了，便往眾兄弟那兒去炫去。

咦！孩子們呢？

我才一轉身，怎麼不見他們身影了？

「小文、小中、小勇、小雄——」我叫著。

四周，忽然叫我起疑了。怎麼全是森然巍峨的大廈呢？那冷森森褐色的帷幕牆，映著黃昏天色，不眞切，迷離五分，每幢房子的外觀都類似，我環顧周遭，有種旋轉的暈眩。

我努力蒐集印象，心裡一片亂。

「阿公！」空氣中飄蕩著孩子們的叫聲。

那綠籬紅欄怎地陌生這般？孩子們全沒了蹤影。

「阿公，我在這兒。」是小中，他的頭從矮灌木叢冒了出來，一下子不見了。

我趕到前面，叢木後只有枝敗的落葉。

「阿公，貓貓。」是小雄的聲音，他從背後抱住我，我回身，一把抓住，卻是一張魔鬼的面具，小雄驚叫、我驚叫。

他們全戴上面具，在我前後、左右追逐著。

「羞羞臉，阿公你尿床。」

「羞羞臉……。」

我一個也抓不到，他們玩得愈是起勁，直在周遭忽隱忽現，忽現忽隱，我——尿——急！

我衝進廁所！

猛地一團粉紅色的影子以及尖叫，嘩嗚——跑出廁所。

我的那個差點被拉鏈夾到，以致灑得褲底一片濕。

許久以來第一次，我這麼痛快，痛快極了，舒暢地解完小便。

走出廁所，我未及扣好褲子，身子突然被撞了一下，天！一個憤怒的男子，一拳打過來，那粉紅衣裳的女孩，在旁邊指指點點。我機警地架開，那個瘦皮猴的棉花拳，他竟隨手撿起一支木棒朝我夯下來。

——變態的老色狼！

——老色狼！

情況似乎嚴重了。那女孩也幫著用皮包打我，而那些沒事幹的傢伙，竟跟著吶喊起來。

——打，打！色狼！老替人死的色狼！

——呼死！呼死！不死鬼！

有人圍過來，要抓我，迎面，我挨了一拳，眼冒金星，我跑、跑、跑……。後面，子彈般咻追我的是人、石頭。

我向著水泥路跑，跑著，我喘著氣，兩條腿彈簧般地躍動著，我躍過花檯、水泥圍欄，背後的叫喊以及子彈咻……。

前面是馬路。夜暮，那焚燒的晚霞未褪，在天邊熾烈地爭映著殘餘的天光，那光——不！火！火！火掉落下來，在街心熊熊騰燒著。

是火，是人，是旗子，有警察、憲兵，有綁白布的群眾，有小販、麥克風。

風，好燙。小中他們呢？

背後的敵人似乎仍萬馬奔騰般向我追殺而來。前面，前面怎麼有這麼多人，反攻大陸了嗎？戰場，哦！硝煙的氣息。

我回頭。小中他們在那裡？

啊！敵人，紅色的敵人，和那瘦皮猴男子，正隱藏在裡面，他們相擁向我喋喋喋地笑著。我向前奔，擠，人潮吞沒我。我隨著對峙的群眾向前、退後、向前、退後……。

這是夢嗎？小中他們呢？小中他們呢？

我碰擠著人們灼燙的身體，尋找著，尋找著，禁不住，禁不住的尿意又在作祟，我忍、忍著……，隨著人潮前湧、後退。

人們喝喊起來……。

——和平、理性！

——反對軍人干政！

——打倒萬年國會！

——總統、省長民選！

——還政於民！

每一句口號都獲得沙啞的、模糊的回響，汗水、血淋漓在第一線上。盾牌的敲擊聲、火光向群眾淹來，後退。

忽然，一支勇敢的如同英格蘭部隊的隊伍，以雄壯的歌聲（代替噴吶和鼓號），從街頭那端，踏著威武而有節奏的步伐——有著歌舞的韻味，嘿咻嘿咻嘿咻的節拍，向蒙著盔甲的鎮暴部隊走去，前方，是巍峨聳立的巨殿——紀念堂吧。他們昂揚的面孔，發著黝黑的油亮汗光，以及堅強有力，向上挺舉的手勢，令群眾們喝采、鼓掌，一些政黨、社團的車裝喇叭，紛紛鳴放音樂，表示讚許或不滿。

那偉岸如櫸樹的男子，一左一右，拉著長條白布，上面的黑字，有些潦草——

還我原住民山河大地！

——嘿咻嘿咻嘿咻嘿咻！

——呼……

亢亮的、整齊的聲音，從他們粗碩的喉結間，昂放出來，是山林的呼喊，蒼涼而悲壯的號音。我不禁感動得熱淚盈眶。啊！從秀枝入土以來，有多久的時日，多少的世事，已不再令我感動了。

這支隊伍立在街心處，唱起他們的歌，那雄渾的、悠遠的聲音，將那些教授、學生、政黨、社團瘖啞的喊叫遮掩過去。他們的歌，唱一段，便一齊振臂向黑暗而有著微明的天空，揮出憤怒的拳頭，然後，他們無畏地向前走去，不像剛才的群眾，只要警察、部隊以低沉的步伐，邊敲盾牌邊喊著嘿嘿嘿嘿……，便前前後後地伸縮著。前面是拒馬，黑色鐵蒺藜拉成一線，將鎮暴部隊圍在裡面，內圈的警察趁機脫盔在吃便當。他們已經和他們形成近戰的態勢。

兩旁的群眾騷動起來。我聽到有人叫著，有好戲看了，有好戲看了。也有人說：會出事、會出事，那些蕃仔不怕死。

警方開始喊話，吃便當的趕緊著裝，重新戴上面具、整隊。前面的警察，帽子長草的那個胖子，舉起牌子，我只看到「警告」兩個正楷字。他們的速度稍一遲緩，一小隊淡藍衫警察衝出來，衝向他們，隊伍凹縮進去，周邊的喇叭喊話聲膨脹起來，我的耳蝸感受到高分貝的壓力。我慶幸自己的聽力似乎沒有減退。

整隊成方陣，盔甲與盾的鎮暴部隊（啊！這情景曾不只一次在我夢中出現啊！那久遠的歲月，恍如昨日，在異國的巨濟島，當夥伴們忍不住思鄉之苦以及煩悶的等待和審訊，集合在營地中央鼓譟起來，看守我們的美軍，也曾這般操演著令人駭怕的隊形，壓制、追捕著四處逃竄的夥伴們），再次地踏著叭噠！叭噠！叭噠！重重的步伐，向歌聲頓住的隊伍進出，可憐他們被區分成零落的幾簇，於是，霹靂隊員（藍衫隊）旁邊的人告訴我，他們的隊員開始追捕落單者。

群眾向警察丟擲石塊。

嘩——

一部巨大的紅色的雲梯消防車，緩緩地駛出拒馬出口，那軟而粗的水蛇，此刻，正鼓著身子，吐出銀色的水信。

啊！啊！

群眾奔逃著。

我被夾擁著後退、後退，並感覺鼠蹊部脹、熱著。

忽然，一頭火獸從紀念堂前門，猛烈地掙扎，飛騰向暗黝的天空。聽說一部汽車被燒了。

火加熱了人們的體溫。

——好啊！好啊！

——好啊！

空氣裡，好似有什麼凝結了。

靠近消防車的群眾湧上前去，那站在車上持著水管的銀衫人，在群眾的怒罵聲中，用力將水管丟下。水蛇倏地縮頭，水柱噴向周遭的警察和民眾。

警察舉著牌子。喊話的長官，語調軟軟的，被人們的噓、鬨聲壓過去。

那被丟棄的水蛇，重新昂首，還沒噴水。忽然，一部流線型機車，嗤——疾馳至街心，那車前兩支小紅燈猶熠熠爍爍著，猶如小蜜蜂般，飛呀晃呀，人們發出驚嘆的聲音，車上竟是一對緊緊相擁的情侶，他們竟然衝向拒馬、鐵絲網的區域。

機車急遽轉彎，站在拒馬前，插著腰、猛吹哨子的藍衫霹靂隊員差點被撞倒，人們驚叫。機車停下，情侶手上擲出幾個亮亮的玻璃罐，拋物線，落點準確，在鐵絲網內，警員機警後退，有的摔倒。

玻璃瓶發出碎裂的聲音，沒有冒火，只有淡淡的煙。

我聽到警員喊：「戴上防毒面具！」

在警員們未及反應前，機車引擎怒吼，漂亮地轉彎，回頭。

記者們衝向鐵絲網，鎂光燈不住地閃著。

人們爆起笑聲。

那不是汽油彈，與人們的期望相差太遠。那是福馬林消毒水，以及五百ＣＣ碘酒、紅藥水、紫藥水。

與警方對峙的喇叭立即發言稱讚英勇的情侶們，激烈不失理性的幽默，並針對消毒水做文章，說是消除國民黨的遺臭萬年國會的「臭」，並用民主和平的碘酒、藥水來治療軍人干政的丹毒……。

群眾鼓掌。

戰場景況，瞬息萬變。

那水蛇終又吐出水信，唧唧沙沙地噴向天空，噴向忽聚忽散的群眾。

不知怎地，當我踮足看到那圓圓滾滾，如蛇般伸縮的白色水管，我、我趕緊用力、用力地按住自己的下襠，我、忍、忍、再也忍不住了。我趕緊拉開ＹＫＫ，在緊急中不忘注意拉鏈對那個的可能傷害，並注意不要弄濕褲子。

啊！

糟了，天！

紅襯衫、牛仔褲一把拎住我。

——色狼！色狼！

——是他，就是他……

我的拉鏈還沒拉起來。

敵人喊著——殺！殺——

我投降，我投降，我舉起雙手幾乎跪倒。

——看他！看他！

傳染病般，我周圍的人們，後退，讓我伶仃站在中間，他們驚訝、憤怒地向我吐口水，紅襯衫哭過的臉有著報仇的快樂，牛仔褲瘦皮猴得意地介紹著，並加添某些情節，他的聲音被喇叭、麥克風呑沒，只剩下那張大嘴的動作，像要呑下我似地。

我低著頭，慌慌拉起ＹＫＫ，內褲被夾到，只拉起一半。

人們促狹地笑著。

有人過來提起我的頭顱，在我臉上搧了一下，並咒罵了一番。

我的耳蝸ㄐㄧㄐㄧㄐㄧ……地叫著。

剎那間，那噴水的蛇，向著街心噴掃過來，一陣急驟的水柱。我迅速地利用人群的推擠，奮力、奮力衝出去，敵人在後方發出錯愕的訝嘆，我終於逃脫、逃脫，我跑出群眾，向警察那邊投奔，我跑著，跑著，警察吹哨子，我昂首，那軟軟的白色水蛇，吐著水，我跑進水簾中，那水勢突地加大，沖向我，啊啊啊我摔倒在地上，站起來，又滑倒，又站起，又滑倒，我被強大的水，擊倒。

群眾嘩嘩叫著，像在給我喝采。

我再也爬不起來，感覺額角湧出一股熱，啊是血，血，我、我全身濕濘。

恍惚間，小蜜蜂嗡嗡嗡飛過來，二、三部吧，我被拯救了，被拯救了。

我有些暈眩，但速度的感覺使我知道，我正被載離戰場。路面有些顛簸，騎士太莽撞，轉彎太快。夜色，明暗調不均勻，使我的視覺感到不舒服。

「慢點，阿德，我抱不住他——」

風中，我的背後，女孩的聲音。

我感覺有一股力量，從後面圈繞著我，哦！是女孩的髮在風裡飛散，拂癢著我的頸子，我的身體被她用力地向前擁著，我的頭貼近騎士灼熱的背。

剎車，我微向後仰，天空一片混沌的黑與燈。

我的肩背觸擊著後座上少女柔軟、渾圓的胸脯，從她鼻翼呼吸出來的熱，吹暖我潮冷的耳朵，她的手向前伸，拉著那叫阿德男孩的腰，使我完全在她的擁抱中。這是夢嗎？是夢嗎？我顫抖著，因冷以及少女身體傳來的溫熱；我害怕速度，太快，容易失真，太慢，令我想哭，哭……。

「阿公，別怕！」少女的下頷抵著我的肩，她幾乎附在我耳邊大聲嚷著，以免引擎掩沒她的聲音。

「幹嘛呀？」騎士回頭吼問。

「他好像在哭。」女孩大聲回答。

男孩的背挪了一下，我的身體再次後仰，再次，那女孩濕熱的身體，溫熱的呼吸，令我顫抖，我咬著下唇，努力抑制自己。

機車減速，拐進一條街巷。

是一家醫院，門口，招牌上，白底紅字「月經規則術」直書，上面橫寫「專門」二字，招牌四周綴著小燈泡。

我被扶下機車。

小蜜蜂男孩沒有熄火，一個轉彎又飛出去了。

「阿公，你不要哭，別擔心——」女孩扶我下車，朝醫院大門叫著：「劉寧！劉寧！」

一個矮胖白皙的中年男子跑出來，「怎麼，還有啊！安妮！我們又不是，哎！戰地醫院，哈哈，院長知道了生氣我可不管哦！」他說話和唱歌一樣。

「你敢告狀，看我——」少女舉手擰著矮胖子的耳朵，矮胖趁機在她屁股摸一把。

「你敢？」少女扠腰，生氣跺腳。

「喔！失禮，你的屁股是金子做的。」矮胖嘻嘻笑。

「快點啦！這個阿公流血了。」

「半路認老爸，可憐失去父愛的孩子。」

矮胖要我上床，女孩把我的腳扶上去。

我注意到外科室裡，還有幾個手、腳、臉部受傷的男人，有的在吊點滴，另一個護士正在替他們量體溫。

我發覺，一個老人，此刻，躺在孕婦生孩子的「產床」上，加上矮胖劉用鉗子，夾棉花沾碘酒在傷口上輕輕搔著、拭著，那老人，不禁，不禁笑了起來。

「還會笑啊！」矮胖劉用力戳了我的傷口一下，對女孩說：「這老貨仔，有一點神經，失常啦！看伊，尿得滿褲子，哦！嗯！安妮啊！幫忙，去拿一塊尿布，大人的哩！」他幾乎是用力撕下我的褲子，我被翻了身。

「喔！」我痛得失聲大叫。

「叫什麼！」矮胖劉伸手拍我的屁股，這傢伙，怎麼老是對屁股有興趣。

安妮拿來紙尿布。

「你替他換啊，伊是你阿公，哈！」

我想爬起來，我不能接受這侮辱啊！可是，可是產床傾斜的角度，使我的身體形成頭下腳上的失重狀態，怎麼用力也爬不起來，只好接受矮胖的屈辱了。唉！

「你嘀咕什麼呀！老猴，不安分在家，上街參加什麼遊行，哼？偏偏你老先生幸運碰到我們這個慈悲爲懷的安妮，和那個猾蕃仔，把你救回來。」

矮胖眞是囉唆得令人厭煩。我被扶起來，天旋地轉，我看到窗玻璃上的自己，我的額上，紅紅紫紫一大片。

幾個坐在候診椅上的傷患，也是一樣，一臉黑青黃白紅，那矮胖仔居心險惡啊！

「阿公，你不要哭嘛！休息一下，待會，我叫阿德送你回去。」安妮擦著汗。

呼——小蜜蜂，一、二、三部機車，又載回來三個受傷流血的人。

「我不睬了，我不睬了！」劉寧對著阿德叫著：「楊家德你以爲我們謝外科辦義診啊，繃帶、藥水一箱箱耗掉，什麼跟什麼嘛！你又不是院長。」

楊家德冷著臉一言不發，眼睛瞥著劉寧，劉寧轉過身，低聲啐了一句：「蕃仔！」頭還沒抬，背後的衣領已經被阿德高高拎起。

「楊家德！」安妮掰開他的手：「別理他。剛才那個人眼睛腫得好大，快去看看！」

「現場還有很多人。」他的聲音有些顫抖：「都是我們族裡的人。」他經過我的身旁，看我一眼，我朝他微笑致意，他沒有回應，騎著機車又飛出去了。

安妮央著矮胖白面醫師劉寧：「快啊！有事情我負責啦！劉寧——」

我有些累，頭仍痛著；眼前，人影晃來晃去，那些受傷的人，個個都是黑黑壯壯的，他們流血，卻是興奮的；有的，經過包紮後，便又呼喝著離開醫院，他們重新回到戰場。

不知什麼時候，我竟睡著了。不！我仍醒著，半睡半醒，我不能不承認，這或許是老化的現象。我聞著雙氧水、酒精、碘酒、藥膏和消毒水的味道，在我張嘴要打噴嚏的同時，我看到憤怒的醫師——應該就是院長吧，他正指揮著矮胖白臉劉寧，把醫院的銀白色電動捲門降下來。除了我之外，候診室裡的傷患都被攆出去了。

「不要碰他！」安妮厲聲：「這個阿公，是我帶他回來的，他很虛弱，你有點人性好不好？」

「安妮，我是你爸爸呢，講話這麼衝，女孩子——」謝醫師揮揮手：「好啦！把這個老人抬進去，我看看——」

矮胖劉寧白臉嘻嘻笑，和護士架起我的肩窩，他似乎故意要弄痛我，護士較好，衣服上有著好聞的漿洗過的味道。他們把我扶進診療室。

謝醫師用聽筒在我前胸、後背上觸觸碰碰停停，又翻我的眼皮、挖喉嚨，要我啊啊啊叫，然後，還用小棒子敲我的膝蓋，捏我的腳趾頭，接著要護士小姐量我的血壓。

我再度躺在產床上，在注射點滴之前，矮胖白臉劉寧竟然搜我的口袋。

「喂！你到底叫什麼名字？」他問。又問：「家住那裡？喂？講話啊！」

我艱難地仰頭，被自己的口水嗆了一下，差點咳死。他不放過，終於摸到我隱藏在衣服裡面，綁在腰上的布囊袋子。「喔！這是什麼？哎呀！好臭！」他想動手解開它，卻摀著鼻子：「你有狐臭呀！哎呀——是尿騷味呢！」

我抬起左腳，往他身上一踢，踢空了。

「幹什麼幹什麼？幹、什、麼？」矮胖一把捉住我的小腿：「還踹人呀？」

我又掃彈出右腳，正中他的肚子。

「喔喔喔——」他叫起來。

院長和護士、安妮跑進來。

「這老貨仔會打人會打人，我看伊阿達阿達——」他指指腦袋：「神經線絞不緊。」

「嘿！會去街頭搞遊行的人，本來就有精神亢奮傾向。」院長低聲對護士交代了什麼，護士匆匆跑出去。

「哀啊！」矮胖劉白面摀著肚子：「被生蕃害、猶仔踢，喔！今天眞是犯劫啊！」

「老先生，你會講話吧？」院長與我保持距離，裝作和善地問道。

「伊只會哭慘，阿德送他進來啊，一直哭，一直哭，上個藥也哭。」劉寧說。

哭，笑話，我，馬振，堂堂鐵錚錚，一條漢子，哭，笑話。這傢伙分明誣害我。

「而且，一直喃喃呢呢個不停，像在念咒。」他又告我狀。

我踢動兩腳，想坐起來，這時，這才發現，我的腳高懸在兩床側支架，被綁起來了，連手也被縛住了。

「你再搞怪？」劉寧得意地看了看我。

「他是有些失常，反應遲鈍，有青光眼，那不是眼淚，是淚腺分泌物。」醫師說。

我喉嚨裡有痰，吐不出來，卻黏得滿嘴是，安妮用衛生紙替我拭去。

護士把針筒交給劉寧，他用力扳過我的下半身，在我屁股上，狠狠地扎下去。

啊——

我號叫的同時，我的肛門竟然ㄆ——ㄨ——長長的一個屁。

「髒啊——」

都是劉寧的話，我瞪他一眼。

「你該好好睡一覺的，醒來時，嘿嘿！你已經在天國了。」他喋喋地笑著。

我用力搏動著手、腳，床被震動了一下，他推針的速度，讓我感到屁股一陣麻辣，痔瘡流血的感覺。

門外，傳來激烈的爭吵，是阿德和他的朋友，他們用力搖晃著捲門，用山地話吼罵著。

「不准出去，安妮！」謝醫師說：「那個暴徒，已不是我們醫院的人了。」

「我……要不要去報警。院長？」劉寧顫聲問。

「阿蕊，你去打！」

護士小姐拿話筒的手都發抖了。一一〇回答說現在只剩留守的警察，要半個小時後才會有人來。

「你把下午的帳單拿給阿德，他付得起，就讓他進來。」謝醫師微笑：「別怕！」拍著女護士的肩。

「爸，下午，是我讓那些患者進來的。」安妮挺著胸：「那不是阿德的主意。」

「我不管那麼多。」謝醫師說：「跟我上樓去！」

「不要！」安妮尖叫，一臉淚痕：「我不要！」她指著叫阿蕊的女護士：「要上樓，你們自己上去。」

女護士一臉無辜，向院長求助：「院長！」

院長皺著眉：「安妮，你媽不在家，你別跟我鬧！」

「媽不在家，你可順心了，別以爲我不知道你們在幹什麼！」安妮勇敢地說。

劉寧收了針筒，退出手術房。

「我們應該好好談一談。」

「老套了。」安妮說：「爸，你總有一千萬個理由，您把媽和小弟送到澳洲，也是爲了將來著想，是不是？你有另外的女人，當然是因爲在媽身上找不到愛，是不是？你替那些未婚媽媽墮胎，也是在替社會解決問題，是不是？是不是？是不是？」

「你混帳！安妮！給我閉嘴！」

醫師自顧上樓，安妮跑出去按電動門的開關。

阿德的朋友湧進醫院，他們像回到部落那樣歡愉，大聲說話，連感傷的嘆氣都拉長音。

顯然，他們十分欣羨阿德。

「什麼時候你回崑海部落啊！衛生所醫師已經缺了很久啦！」

「我上次偷偷到牡丹鼻山上抓白鼻心，那尖刀型鐵絲網惡惡殺了一道，看！還沒好，哎喲！剛又裂開了，唉呀！」

「哈哈，抗議，抗議我們的山，我們的土地，被鐵絲網圍起來，連野獸也被銀亮亮的刺絲穿破腸肚呢！我們，哈！代表排灣和山上的野獸，抗議！哈！」沙啞的聲音，激起一陣鬨笑。

「沒想到啊！第一次到台北，是來討還山地的，喲！」

我看到他們手上、頭上、臉上的瘀青。

「喔喔那些人，比我們的祖先還凶啊！像在出草一樣，可怕喲！一棒就劈下來。」

阿德一邊胡亂地替他的朋友上藥，一邊介紹著我，他們對我好奇。

漸漸，我感到暈眩，整個身體開始旋轉，旋轉起來，眼皮好重啊，眼前，盡是黑色、腥紅色的幻影。

所有的燈光，突然熄滅。我聽到咒罵聲，那聲音由近而漸遠，漸遠，遠——我什麼也聽不到，我什麼也看不到了。那沉沉重重一塊塊的黑色晶體，轟轟飛炸向我，爆裂，成爲流淌的、無聲的液狀，叭噠叭噠，滴落，黏著我的頭，從我的嘴巴、鼻子、皮膚，滲入我的身體，啊啊啊——我叫不出聲。我被糊狀的黑色溺死了，我跌落在黑色深淵裡，我掙扎、掙扎著，四肢卻一點也使不上力。然後，我模糊的意識竟然失重了，且自己飄浮起來，在黑色的空氣中，像羽毛般地浮升，向上，有點點的微光。

我看到秀枝了，看到秀枝了，她靜止在黑暗中，隱約的晦亮中，我看清楚她臉上的輪廓，我叫喊她，秀枝，秀枝，然而，黑暗立即吞沒她。黑暗使我窒息。我在黑暗的空中揮舞自己的手，我想抓住那點點的閃爍的光點，我抓住了，抓住了那光！

那光點剎那間放大，明亮起來，黃豔豔刺痛我的眼瞳，痛，是唯一的感覺。我的肌肉、關節飽滿極了，像要迸裂開來，我睜不開眼睛，我看到白茫茫一片。

這是夢嗎？

我在那裡呢？我在那裡呢？公園，小中他們呢？

哦！我喉嚨裡哽著一口痰，咳咳咳！我的鼻子、喉嚨全插著橡皮管子，啊！我的手、腳仍被縛著，難道、難道我……。「死」的問號在我心底沉著。

那白茫茫的光，那黑沉沉的記憶，生與死的迷離，叫我渾渾噩噩，我明明在岸上，卻仍有沉溺入水的嗆窒，我的鼻翼、肺葉舒張不開來。

咳！我咳。不能出聲。

從很遠很遠傳來的人聲，吵嚷著。

咳！咳咳咳……。

感覺橡皮管有著吸盤般的力量，吸吮著我喉、肺裡的痰。

有人叫喚我，從遠方傳來。

一切都像碎散的玻璃，兜不攏、拼湊不起的記憶，令我頭痛加劇。

痛！

痛，加一些麻、痠，這感覺則十分眞切，令我慶幸自己仍然活著。

我努力地讓眼睛凝聚白亮的光，看，看著眼前，眼前仍有些矇矓，但隱約可以辨識人的輪廓、手勢和衣衫顏色了。

我再次肯定自己仍然活著。並且聽到呼吸聲，哦！我的胸前也有一根管子，冷而硬，緊緊吸附在我心臟的位置。

那遙遠的喧譁，啦啦啦地靠近了，我聽到了，我聽到了，有些熟悉有些陌生的聲音，爭吵。

開門，一道黃亮的光隨風射入，濁重的步伐，多麼熟悉，那不是維揚嗎？

「爸！」哼哼的鼻音：「他還沒醒嗎？」

我醒了嗎？

「好像有知覺了，心跳、脈搏不再時快時慢，唉！老爸眞是的。」

維松的埋怨。

我仍在維英的家嗎？我想到公園、街頭。不是。我熟悉那氣息，這裡，不是維英的房子，也不是維松或維揚的，他們的屋子，每人有每人的味道。我很快便認定，我，此刻所在的位置，是一家醫院。

「剛才那醫師太沒道理了。」維松說：「我說啊！病人在醫院裡三天，該付的錢我們當然付，但沒有理由加成收費啊！」

「維英剛去找院長了，打個九折沒問題吧！」是維揚的粗嗓子。

門又推開來，哇啦哇啦一群大人小孩。

「阿公，阿公！」

「阿公——」

孩子圍在床邊叫著，推著我的手。

「別動！阿公還在打針呢！」美美制止他們。

「好可憐唷！」小文的聲音。

「都是你，馬國雄，都是你害的！」

「你也好不到那裡，馬國勇，還不是你說要讓阿公找不到的。」

「是小雄哥哥說要去打電動玩具的！」

「你們敢出賣我！」

「好啦！別吵，阿公在睡覺，你們出去玩。」莉莉說。

門，砰！一聲。孩子們呼嘯而出。

「這些鬼靈精。」珍珍說：「把個老人騙得團團轉，叫一聲阿公，五百，嗨！老爸啊就是對孫子慷慨。他們都把錢統統樂捐給網咖電玩了，還害得我們四處找人。老爸啊眞的是老了，居然找不到回家的路。」

「你們看，孩子的ＩＱ愈來愈不得了，他們都知道坐計程車回家，但老爸就是不曉得，身上帶那麼多錢——」美美嘆著氣。

錢，對了，我綁在褲腰裡面的布囊袋子呢？

「喔！看，老爸的手在動呢，在動呢，他好像好像要抓什麼，筆，快拿筆來，他是不是要寫什麼，快！」

我有些好笑，他們當眞以爲我要立遺囑啊！

我的指頭碰觸到筆和紙，但我不想寫什麼。

「醫師不是說，老爸的情況還不差嗎？檢查報告怎麼說呢？」維揚問道。

「高血壓、糖尿病、心律不整，青光眼、攝護腺肥大，哎！死是死不了，但要調養。」珍珍說：「維英下樓算這幾天的醫藥費，也要看看有沒有普通病房，嗄！你們不知道，住這裡比旅社貴呢！」她壓低聲音。

「不要換了，老爸難得住這麼舒適的地方，不好啦！要換，等他穩定些再說。」維松說。

「那——怎麼辦呢？我是說，病房的問題，我沒意見，但是，看護的問題……。」珍珍話說到一半，維英進門，她愈加理直氣壯：「我們三家子的人，每天這樣跑，不是辦法，個人有個人的家和事業，倒不如請個特別護士，大家分攤。」

「大哥，這事你做主就是——」莉莉接著說：「不過，我要提醒大家，特別護士是算鐘點的。」

「這樣吧！鐘點大家平分，三班制，早中晚輪流，三天一換，要不要請特別護士看各人，好不？」美美說：「我是請不起，苦一點就過去了。」

「唉！最近，股市長黑啊——」

怎麼啦！男人都啞巴了？這三個強盜，娶了三個女匪，生了四個小騙子，專欺詐我！

「其實，醫院裡，有護士定時巡房，家屬看護根本是多餘的！」

維英你這個混球，從小就最叛逆，高中時，就被老師、同學選爲「中華民國陷害設計委員會委員長」的傢伙。追珍珍時，時而苦肉計，時而匪類時而紳士，不知那兒學來的統戰伎倆，把對手一個個設計掉，和對方交朋友，談心，知己知彼，明察秋毫，迎敵之弱點，致命一擊，男孩子們一個個敗北。這種精采的過程，只有我這個做老子的知道，他從小有寫日記的習慣，偏偏我有檢查他日記的習慣（嘿！這是我的祕密的樂趣之一）。

多餘，是啊！生你這個兔崽仔也是多餘的！

「喔！看，爸在咬牙，在咬牙！」維揚跳起來。

「呵！咬牙，老爸一輩子都在咬牙。從小我就怕他咬牙，好像要把人呑下去，又好像一副辛酸，打落牙齒和血呑的樣子。」

維松俯身向我，我眞想啐他一口。

「你們沒有發現嗎？老爸說夢話的習慣，有時好可怕啊！」美美說。「第一次我被嚇得半死，以爲出了什麼事，三更半夜的又喊又罵的。」

「在喊口令啦！」莉莉笑說：「小雄本來和他一塊睡，被他嚇哭了，趕緊逃回我們的房間，再加上——」她壓低聲音，我當然知道她又在誹謗我了，關於尿床之事……。

「欸！小心唷！」維英笑著，邪邪的，他老婆珍珍也是，兩人一向夫唱婦隨。「你們現在還和孩子同房，小心唷，你們晚上在辦事時，可要小心啊！現在的小孩，精得很，會偷看的唷！」

「啊！一定，你們一定有被小雄偷看過，才這麼說，對不對，對不對？」

莉莉這個三八查某，逗得一屋子笑翻天。

「好啦——」維松總算開了口：「你們有事先走吧！我留下來陪他。」

「現在時間，十一點五十分，算十二點啦！我們一個人分四小時，我下午四點來換你，老三，八點來，珍珍啊晚上你老公就借用一下，夠意思的話，十二點以前來，我們三個人一齊打羅宋。」

聽聽看他們的話，我能不生氣？

到病房打「羅宋」到底是來陪我，還是來玩撲克牌？

我不生氣，倒要看他們要變什麼把戲。

有些尿意，可是，我那個也被通進去一條管子，多麼艱苦的小便啊！女人們看見我的尿管在滴，嘻嘻笑，春花亂顫，留下令人想打噴嚏的香水味，奪門而出。

他們都走了。

維松站起來，看看我，輕輕叫我。

我揮揮手，想叫他給我杯水喝。

渴倒不會，葡萄糖點滴正在注射，只是想沾濕嘴唇。

他不懂我的意思，只一味在我耳邊嚷著：「爸，你說什麼？痛，是吧！慢慢來——」

維松嘆著氣，就趴在椅背上，百無聊賴地看著我的尿管。

我再次揮手，叫他去吃飯。

他卻拿起電話撥了外線，嘰嘰咕咕，又是什麼跌停，什麼調現的。我判斷這傻小子的問題嚴重，我瞇著眼睛，偷偷看他掏出一個計算機，按算了半天，一臉懊喪，嘴裡念著一串又一串的數字。

哈！

我差點笑出聲，以致差點咳起來。

這小子，居然也會玩起間諜對間諜那一套！

我兀然發現，維松正偷偷地用眼睛餘光睨我，他在觀察我，他一定已經知道我醒過來了，他在喃喃自語。

事實上，是在對我敘述，他如何被股票套牢，如何急著三點半。

我他媽的，連替自己老爸請個特別護士，都沒能力！

他在自怨自艾，他有意讓我知道（我肯定這是他的用意），他想打動我（哦！這不是他小時候常玩的伎倆嗎？他總是自己跑到屋後，悶悶地哭，並且砰砰地捶打自己的胸部，讓秀枝和我發現他受了委屈，然後，秀枝會稱讚他如何懂事，被小弟欺負了還怪自己。而我，在他上學後，總會偷偷塞幾塊錢到他包裡，這小子口風不緊，又忍不住到兩個弟弟那兒炫耀，換我一頓臭罵）。

「爸！」他再次坐到我的床沿。

然後，他看著我，恍然大悟，開始用棉花沾水，擦拭我乾裂的嘴唇，水流到我下巴，他用手輕輕擦拭我鬍鬚上的水沫，我忍住這癢，堅持，沉睡的姿態。我知道，如果，我把眼睛睜開，婦人之仁地動了心，後果就是被他「搶」走一堆鈔票。事實上，我是有些偏他，在秀枝的後事辦好之後，離開埔姜鄉，來到台北，我住在他那裡，便已給了他五十塊（萬）了。我千叮萬嚀地叫他別讓那兩個凶鬼老弟知道，偏這傢伙，天生五指疏漏，就是留不住財。

「你好些了嗎？」

我不點頭，我是有些生氣的。在我走失的時間裡（判斷該有個三、五天吧），他們居然沒有找過我。

「你這幾天到那兒去了？」

他問，自己回答。

「我們以爲你回埔姜村了。」

如果，我猜的不錯，維英還臆測他的老爸，會去召妓陪宿吧！

「病好了，你就住我那裡，不要再跑來跑去了。」他握住我的手。

我不能不張開眼睛。

維松趴在我身上嚶嚶哭了起來。

「我不孝，爸，我不孝，你就別生氣了，不講話，就是生氣，我知道，爸！我無才無能，沒有盡到責任，讓你自己關了十幾天，又在外面餐風飲露五、六天，受了寒，還被打傷，嗚——」他的淚，沾濕我的手臂。

這傢伙，人性未泯。他居然能洞燭我的心事，可見他並不戇。

我反握他的手掌。

「爸，眞的，對不起你！」他止住淚：「弟弟他們比較不懂事，你別記在心裡，憋著，難過嘛！我知道，我就知道您心裡不舒服。」

我微吁口氣。

「爸，你被誰送到醫院裡來，你還記得嗎？」

我搖頭。

阿德、安妮的印象，忽然模糊了，只記得警察趕到醫院，他們鼓噪著，和謝醫師對罵著……。後來，是怎麼到這家醫院的，我什麼都想不起來了。

「你怎麼會受傷呢！」

尖叫，紅衣敵人，閃過我眼前，火花，刹亮天際……。

跑啊！跑啊——

「爸，你怎麼啦？」

維松拔開我抓緊床頭的手，揉摩著我僵硬的小腿，順手按了牆壁上的小紅鈕，呼叫值班醫師。

「他一定受到什麼刺激了，抽搐！盜汗。」

維松向醫師說。我看到他用眼神向醫生示意什麼。

大夫用英文對護士說了些什麼，護士一轉身，便端來一筒針，天！那麼大的針，難道是要謀害我不成？

啊！

那針扎進我的臀部，好似深入骨髓了。我大叫一聲，維松竟當幫凶，猛力按住我向上挺伸的腰部。

護士流著汗，推送著針筒，我忽然聽到維松在和大夫商量，要不要把我固定在床上。固定！不就是捆綁嗎？

我試著躍起，想跳起來，狠狠打維松一拳。

醫生搖搖手，一個冷冷的微笑，走出病房。

我開始覺得昏沉、想睡，但我努力克制自己的眼皮。兩點鐘，維松有些想走的樣子，坐立難安，他看我閉著眼睛，並用手指測試我的呼吸，我閉著氣，他有些慌，忙按我的脈搏。

「老爸，你別跟我玩了，好好睡吧！」

兩點二十七分，他走出病房。

整個病房剩下我。

我睜開眼睛，想睡；幾乎咬破嘴唇，壁上的鐘，點點滴滴，秒針、分針、時針糾纏成一團。

我聽著鐘擺的聲音，聽著自己的心跳，聽著從玻璃瓶內，滴落橡皮管裡，再從針頭流入我的血管裡，那點滴的聲音開始在我身體裡面，轟轟撞擊著我，揉碎我，侵蝕我。

我想拔掉身上的針管，但我感覺自己變成眞空了，一點力量也使不上，一點力量也沒有了，我看了白菊花瓣一片一片地從天空掉、飛落下來，掩蓋著我……。

五點四十一分，我醒過來。

我手臂上的針管已經拔除，身上剩下鼻管、尿管。

肚子有些脹，我放了個屁。

這時，我看到一個坐在窗邊桌前，胖胖的女孩，她從厚厚的眼鏡餘光瞟我一眼，她正在擠青春痘。

我用手指敲著床。

她走過來，臉上什麼表情也沒有，說：「我是蜜斯張，是馬太太叫我來的。」她倒給我一紙杯溫水：「要喝嗎？」

我搖頭。她開始找事做。

首先把溫度計插進我的腋下，然後，量血壓，拿藥給我吃。然後，她自己吃帶來的便當。然後，替我翻身，並調整我腰上的布囊位置。

「喔！聽說你很有錢。」眼鏡後的凸眼球亮閃了一下。

「拔掉！」我指著鼻管，說話，但沒出聲。

「什麼？」

她俯身向我，剪字形的領口，露出兩顆圓滾滾的乳房。

我企圖抓住她的手，她不解我的意思，坐在床沿。我握住她的手，軟軟肥肥的，她沒有拒絕。

「寂寞，老人都是這樣。」她說：「我上星期才送走一個八十多歲的老太太，唉！可憐，她看到我便喋喋不休，我幾乎受不了，請假出國玩了一星期，才回來就接到她的死訊，唉！

可憐啊！有人說她是被悶死的，寂寞啦！我才出去一個禮拜，沒有人跟她講話，她——唉！被話噎死了。老先生，你比她年輕，可別想不開啊！有什麼話，就講出來嘛！」

眞是個多嘴婆，不過，看起來，心腸不會太壞，年紀也不算小，眼角都有魚尾紋了。她說話和喘氣的時候，胸脯會自然地顫動。

我用力握住她的手，她反身幾乎要趴到我的身上：「怎麼樣？馬老先生，哦！不！我該稱您一聲：阿公！好不好？」

我點頭。用她的手觸摸我的鼻管，她終於明白我的意思。

「我去問醫師，應該可以拔掉了啦！」她拍拍我的臉頰，微笑，我看到她乳溝上的汗珠。

鼻管令我難過得想嘔吐，嘔不出來，眞難過。

除掉鼻管，我總感覺鼻子、氣管仍然哽著什麼，但已經舒服多了。

「還有這個。」我拉著尿管差點把利便器也拉倒。

「唉！小心啊！阿公。」胖護士一臉悲傷。摀著嘴，彎腰扶正利便器。我拍拍她的肩，失禮啦。

「好吧！」她拿起病房電話，嘀咕一陣，回頭說：「可是，阿公，我拜託你，要尿尿時，告訴我，別尿下去，你一定不喜歡我替你換尿布，對不對？我知道，老人都是有自尊心的。」

自尊心。我撫著胸口，我的心跳似乎加速了。胖護士掀開我身上的被單，一手捏起橡皮管，一手捏著我的那個，她的手指頭傳導一股溫溫、柔柔的熱，令我呼吸加速。

她細心而果斷。迅速地將細細的橡皮管抽、抽、抽出，一邊問，「會痛喔！忍耐點——好了——好了，好，快好了——OK！O——K！很好！哎，一點血絲，沒關係的，我——」

她轉身，擠出藥膏，替我塗抹上去。然後，蓋上被單，我的下身仍然光溜溜。

「嘿！你——」她睨我一眼，臉紅：「你還年輕嘛！」

我知道她的意思。被單下的我有尿意，而且亢奮起來。

在她替我穿上內衣褲（用我腰囊裡的鈔票到醫院地下室超市買的）並看見腰囊裡的寶貝，驚讚著：「阿公，你這麼有錢！還有黃金啊！小心你的存款簿和提款卡，滿街都是壞人唷！」

我爲她的善良而感動，幾乎把提款卡的密碼告訴她，但我很快打消那該死的念頭。不過，爲了讓她知道，我不是個小氣的人，我以謝她照顧爲由，數了幾張帶有體味的鈔票給她之後，我又要求她替我擦洗身體（她特別賣力，同時一直臉紅），然後，她又餵我吃了一碗稀飯，並且，應我之請，介紹她自己（費時二十三分鐘）。我知道她是個在醫院跑單幫的特別護士，姓名：張翠蓮，年齡：約三十歲，有一個準醫生男友，在美國肯塔基念藥學（我懷疑）。

她父母雙亡，兄弟各一，她是獨生女（我相信，因爲她有照顧人的天才），南部某護專畢業，曾在公、私立醫院當過內、外科、復健科護士計七年六個月，當特別護士的原因是，侍病如親，有慈悲心（她通常選擇老人）……。之後，她又爲我擤鼻涕、抽痰、搽痔瘡藥膏、量血壓、體溫，扶我在病房裡（約三坪大的空間）來回走了幾遍。

晚上，八點正，胖護士的鐘點到了，她一分鐘都沒有多留。我瞇著眼睛，看她換上花衫，她以爲我睡著了。

「你這個人，眞麻煩！」她留下這句話，蹬著紅色的半高跟鞋走了。

八時三十八分，病房的門霍然開了，我半瞇著眼睛察看，好像有人在門口探了一下（應該是老三或是他請的護士才對），但沒有人進來。

門板喲喲喲地呻吟，半開又不關。

「是誰？」

「誰人？」

沒有人應我，但我發現了目標。

於是，我極小心地掀開被單，下床，舉起拖鞋，用力拍下，那該死的蟑螂，碎屍爛糊、肝腦塗地。

門忽然自動關上。

也許是風的緣故（那三個混帳小子，豈有此膽，跟我開玩笑？）

我猛地將門用力打開，是沒有人在外面，也許有，但躲起來了。

「誰？」我朝門外大吼。

誰誰誰誰……我的聲音在空蕩蕩的走廊迴盪著。

我勇敢地扶牆，向狹而長的走廊搜索，只有曖昧的燈光，一個人影也沒有，風颼颼地吹，一張白色的紙，正從轉角處ㄑㄧㄘㄚ地飛旋、掙扎著。

我回到床上。

九點六分。

鐘擺嘀咕！

聽到自己的心跳，咕咚砰咚……。

掛在床尾的病歷卡，寫著我的名字，下欄畫著狗爬蚯蚓英格里西，天曉得寫些什麼。我把這張卡片用力撕碎，然後丟到馬桶裡，沖掉。

想喝水，杯子卻摔破，碎了。

坐在馬桶上，用力，用力，什麼也沒有，可就有那種感覺，一肚子屎尿的脹。

此後，是靜。

冷氣機的聲音不小，冷冷涼涼的感覺也是一種寂寞的靜，靜得好似連空氣都沉澱了。冷冷的氣，冷冷的靜，像一股流動的水流，慢慢地迴旋向我，漩渦愈來愈大愈快，向我身上每一部位籠壓過來，慢慢地包圍我，躡足從背後偷襲我……。

我跳起來，站在床前，以四平八穩的馬步，揮擊出拳；這套八趟拳，是我參加國軍以後，在軍中學的，四十幾年來，沒事時我不忘來個八趟，直到去年吧，一時忙、亂、慌、愁，懶下來，疏習許久；前些日子，在維英的家，才又開始打起來，竟忘了不少。現在，發現，又丟了幾個動作。

踢腿，叭！正拳，刷刷！

靜，仍向我撲來。

我一個前插後擊，沒有打中目標。

怎麼才三兩下，就昏天黑地了，眼前一片星飛花散的光點。

我抱拳在腰，重蹲馬步，蹲，可兩條腿不聽使喚，癱軟下去，我摔倒在冷硬的地板上，抬頭，黑鴉鴉一片雲，迎面壓下，那是靜的感覺。

這可怕的靜。

我扶著床沿，用力呼吸，好像有什麼重力壓窒著我的胸口。

靜，由黑轉成鬱鬱的海青顏色，在眼前擺盪，洶湧如浪，就要捲我、溺我……。哦！那青色的浪頭，是千萬個冒起的墳堆啊！

我聽到呻吟的聲音，幽幽的，飄忽在空氣裡。

我想撐坐起來，身體卻像在水中那樣，隨浪漂沉。我努力睜開眼睛，雙手抓空，那張床突地飄移開來，我什麼也抓不著了，我墜落下去，墜落下去，向冷冷的深淵，向黑暗的地底墜落下去……。

恍惚。

我咬著嘴唇，牙齒是我唯一可以用力的器官了。

「阿公！阿公——」

「阿公！」

我的身體緩緩浮升上來，一股力量托住我，我聞到一種氣味，冒著熱氣的那種有汗的體味。

「阿公，您怎麼啦！阿公！」

似陌生又熟悉的聲音，我緩緩張開眼睛，不是維英也不是珍珍……，哦，是阿德和安妮。

他們扶我上床。

「痛嗎？阿公。」安妮搖著我的手。

我搖頭。

「那你就不要一直呻吟了嘛。」阿德露出白白的牙齒：「阿公，怎麼就你一個人在病房裡？」

「我們要去車站，經過這裡，順便進來看你；前天，是阿德和我把你送進這家醫院的，我們在你的衣服裡找到你兒子的名片，有通知他們啊！」

安妮倒了杯水，扶我喝下。「怎麼你跌到床下了。」

「他們——我是說你的兒子們呢？」阿德問。

我不願多說。

「他們好壞，你的兒子啦！到醫院來，還要叫警察來抓我，說要告我傷害，還好我溜得快。」

我想那一定是維英。

「阿公，你不要哭嘛！」

我沒有哭。安妮握住我的手。

「洗把臉吧！」阿德扭了溫毛巾給我，「我們被趕出來了，我要帶安妮坐夜車回屏東，我家。」

安妮沉默而憂鬱地看了阿德一眼。

我從內衣裡掏出腰上的布囊袋子，取出錢。

「不必！阿公，我們有。」安妮說。

「沒有錢，我會做工來養她，你保重了，阿公！」阿德說：「這個城市，很陰險，別再亂跑了。」

十點十八分。

我深吸口氣，下床。

「要小便嗎？」阿德用力抓住我要崩塌的肩膀。

「你們，會不會嫌我，老？」我問。

「哈，你本來就老了嘛！阿公。」阿德讓我坐下：「你不承認自己老嗎？哈哈哈……。」

他笑得可真得意。

「阿公，你是老了，但我們不會嫌你。」安妮說：「你要保重啊！」

「不！」我站起來，「我想跟你們走。」我說。

「山上呢！牡丹鄉，你知道嗎？我的家在島的邊緣，靠海的山地，一個排灣的部落，你想跟我們走，阿公，你沒有『阿達』吧！可不是去觀光喔！」阿德看了安妮一眼：「我都在擔心她能不能適應，何況你——」

「我可以。」我：「我老家也有山，我小時候在青紗帳長大，我，我、我……」

我興奮地喘著氣。

「別開玩笑了，阿公，我可養不起你，何況你有病。」阿德皺著眉。

我向安妮求助地望著。

「我，我有錢。」我將布囊袋子裡的東西全倒出來。

「看！這幾塊金子，一直跟著我，四十幾年了，我就準備靠它們養老，而且，我有這個卡片，提款卡，你懂吧？」

「我知道、我知道……。」

「你走了，阿公，你的家人會擔心的。」安妮憂愁地說。

「不會，他們恨不得我走得遠遠的，他們那裡會理我。你看，從中午到現在，連個鬼影子也沒有，他們、他們存心要丟下我、餓死我，讓我——」我想到「寂寞」二字，「讓我寂寞而死。」我握緊拳頭：「陰險啊！」

阿德笑了笑，臉上仍有難色。

「我絕不會拖累你們。」我自信地說：「小朋友，眞的，阿公不騙你們，我可以買一間房子，買一塊地，種種菜，沒事到海邊釣魚，我的錢，夠我活個十幾二十年的。」

「嘿！我家那裡可沒有什麼公寓、大廈，房子，可得自己動手蓋；地，也要自己開墾。」阿德擦著汗：「好累喔，阿公你好累喔！」他終於不再堅持，「好吧！也許，你可以和安妮作作伴。」

整幢住院大樓，森森冷冷的，值班的護士在打瞌睡，空蕩蕩的走廊，偶爾會傳來一、二聲從病房裡溢出來的淒哭、慘叫。

我們沒有坐電梯下樓，十樓樓梯，一層一層爬下來，但我竟然不累，安妮和阿德都覺得不可思議。急診室門口，紅燈閃亮，人影幢幢，我聞到濃濃的消毒水味道。

十一時二十一分，我們走進月台，坐上南下莒光號列車，十一時卅分，火車準點開離月台。

車過萬華、台北，在夜暗中，迅速地後退，那亮爍爍的霓虹燈色，使我的太陽穴痛起來。

「睡一覺吧！」阿德探頭說：「你笑什麼？」安妮說：「阿公，你幹嘛？桃園都過了，你還一直在笑。」

安妮倚在阿德肩上，她張開眼睛，憂心地看著我。

「沒有啊！」我回答：「我是想笑，哈，像在逃亡。」笑，我在爲自己的靈感，奇妙的念頭，離開台北，感到得意哩！

阿德抿著嘴，打了個呵欠，「我要睡了，阿公，要上廁所時，小心啊！」

速度中，車廂微微搖晃著。

阿德和安妮互倚著，睡得正香甜。

車廂內的乘客，都睡著了。忽明忽暗的燈光，給人夢幻的感覺。

我試著不叫阿德，小心扶著走道兩側，自己走到車廂尾端的盥洗室，風大，車門沒有關好吧！

我站在車廂交接處，身體差點撞到門邊的鐵把。低頭乍見下方鐵軌枕木，骨牌般飛快倒退，趕緊閉眼，揉按太陽穴，暈眩得厲害。我的衣衫沒有扣滿，風從門扉吹進來，我就站在車門口，讓風和黯然的夜色淋灌全身。車外。星光下的原野，朦朧如幻，有燈乍亮，綴飾著黑夜。我深呼吸，並且聽到從肺部發出的哮喘咻咻，我驚覺這病幾年不犯，怎麼又纏身了？

一個長髮的婦女睡眼惺忪，從另一節車廂跌撞過來，看到我，驚叫一聲。

「對不起！」我說。

她急急地又走回去。車廂內有些微騷動，男人陪她過來，看我一眼，我才驚覺自己剛剛忘了把拉鏈拉起來。

「要死啦！」那女的壯了膽，分明是罵我。

「自愛一點啊！老先生，否則我揍你。」男人握著拳頭：「神經病！」他和女人走了。

火車進了隧道，一股熱風呼呼吹過來，車身晃蕩得厲害，我用力抓著門口的扶把，轟隆的巨大聲音，令我更加暈眩起來，眼前，黑漆漆一片，這隧道這麼長？

這隧道這麼長？幽幽陰陰地延伸著，我，忽忽失去方向，向南向北或東或西？車廂向左顚向右搖，我，在那裡？往那裡去？

我好似墜入黑沉的深淵裡，沉、沉、沉入那久遠的記憶，可又什麼也想不起來，一些人、事似小小的光點，隱晦不明的熠熠閃爍，螢火蟲般飛散、消失在黑的氤氳裡。

我害怕起來，風勁勁地吹著我，冷，孤獨便是這樣，老，也是！

車內的燈乍暗乍明，車外，一行黃爍的燈，倏然在夜野中。點亮。隧道過去了。

忽然、忽然我想打開車門，跳下去——跳下去。

「阿公！」安妮站在階梯上，「你怎麼跑到這裡，我以爲你不見了。」

她牽扶著我回座。她身上有一股香氣，淡淡的有著牛奶味的香。

「阿德在屏東的家有摩托車嗎？」我問。

「幹嘛呀？阿公現在是一點零七分嚹！你怎麼想到這個問題？」安妮打著呵欠。

「我想，阿德應該有一部摩托車，我想送他一部。」我說：「到屏東後，我想要他載我們去恆春，那裡的海很美。」讓阿德載著我和安妮，我喜歡他們身上散發出來的溫熱和汗味；

這是我提起摩托車的陰謀。

「哎呀！阿公，睡覺啦！」安妮又把頭靠在阿德肩上。

凌晨，一點又四十二分，我醒過來，因爲喘。

這個時候，維松他們會在醫院找我嗎？還是又聚在一起打八圈，當然，最常見的就是窩在維英家的什麼起居室，邊喝茶邊看小電影。也許，他們根本不會到醫院去；也許，他們會有點著急（看在我還有點錢的份上）。

列車減速。

我看見晦晦的月台上，一盞黃亮的燈在搖著。

——楊梅！

我站起來，趴在窗玻璃上，看著灰灰的小站消失在夜色中。

楊梅車站依然那麼古舊，那曾是我以及戰友們棲止地方啊！那是多久以前的舊事了。

我揉著太陽穴，並扳著手指，追索著那久遠的年代，一九五四年一月廿三日（這數字我永遠不會忘記，而且，它是我提款卡的密碼：五四一二三）距離現在哦——快四十年了。

彼日，我們在基隆外海靠泊，等著進港的電訊，聽說岸上的祖國同胞有盛大的歡迎，戰友們格外興奮，連打架都是快樂的。

我們在港外的車站，搭上火車，一路上，啊！逃亡的快樂叫大夥一直唱著歌，進行曲。

火車停了，我一眼便看見木牌子上「楊梅」二字，然後，我們行軍，在鞭炮聲中，走到一個名叫「高山頂」的地方，那綠色的鐵皮營房，比起海上吹北風的航行要好得多。楊梅，酸酸澀澀的滋味。編組、訓練、分配……。日子是這麼過的。

日子重新開始。

是的，日子得重新開始。

我起身，為自己倒了杯開水，一不留心，潑濺得一身是。阿德被安妮叫醒，替我按摩手掌、虎口。他的睡意未消，力量綿綿的，一邊喃喃道：「我說嘛！麻煩。」

安妮邊替我拍背，邊要我放鬆，說睡一覺就好了。

我怎麼睡得著?喘，令我像風箱一樣地鳴奏著，肺葉瀕臨爆裂般地賁張著。

阿德從手提袋裡取出一個小藥包，遞給我兩顆紅色的膠囊，「吞下去，你會好過一些。」

安妮似有些驚訝，把阿德拉到走道，兩個人臉湊在一起，嘀咕半天，她在指責他的樣子，低聲，臉上些許懊惱，阿德解釋者，拍著胸脯，在保證什麼。

我以舌尖頂著上顎，口內生津，嚥下藥丸，並接過阿德倒來的水，飲下。

安妮看著我。她眞是個好女孩。

我相信剛才吃下去的藥，不是毒藥，可是，我的意識漸漸恍惚、恍惚，整個人輕飄般地浮起來、旋轉；漸漸，我聽不到火車的響動，看不到燈光，想不起阿德、安妮的樣子，想不起維松他們，想不起自己身在何處。我好似飛起來。飛起來，一些繽紛的顏色，花、雲、霓虹、彩帶交織成錦繡的天空，並且有樂聲響起，輕柔的絲竹以及箏韻、簫音、笙鳴，在我的周遭，交響、鳴奏著。多麼熱鬧的街市，和善的人們，喧譁也如歌，那不是張秀枝小姐嗎？伊羞赧的眼神，有著溫柔的笑意，伊以手勢，向那些年輕的軍人展示青綠的蔬果，一個軍衣的青年，小跑步向前，搶著在同伴前面吹著口哨，裝作撿選竹筐內的青菜、蘿蔔，卻迅速地遞給伊一封信，伊頓時錯愕，掩在布巾內的臉有著驚訝，穿著長布套的手，不知所措地把信揉成一團，緊緊握在掌心。

那瑰麗的天色，把菜圃映得澄麗而飽滿，那彎腰刈著包心菜葉的女子，不時揚起清亮卻含蓄的笑聲，黝黑的青年正幫著她把一棵棵圓碩的包心菜，排置在疏疏的竹筐內，他露出白亮的牙齒，正在敘述山東老家的軼聞，話題從菜圃旁那一畦麻引起。關於青紗帳，這細細青青的麻，小小一畦，怎堪和老家那一望無際，從村子頭到天邊，那麼廣袤的青麻紗帳相媲呢？他有些感傷，她低頭睨他。

伊笑。

他說故鄉人，洗澡之事，其實是很慎重的，出生、洞房花燭夜前夕，是洗澡的大典吉時，其他時間，可有可無。一盆水，從頭到腳，點滴皆省儉著用，冬天時，還用來結冰呢。

伊問；你要回去嗎？

口氣有些急。

回去？

他吶吶的，搖頭。

怎麼走啊，走那條路？

他的聲音，忍不住激動，眼裡有淚光。

伊刈下一棵菜，要他接著，用手秤看看多重，轉移話題的方法。

我不回去了。

青年軍人大聲說。

他的草綠汗衫被涔涔的汗汁滲透，昂壯堅實的胸背，叫那女子不敢逼視。伊問道——

一直當兵囉！反攻大陸，是不是？

他沒有回答，只露齒朝她陰陰一笑。

幹嘛？

伊察覺他的不軌。

我想下來，耕田，種菜也好。

長久的行軍，叫他腿部的舊傷痠痛不止。

伊聽不厭，他的故事。

鴨綠江，那冰天雪地的跋涉，馬昂首長嘶，步兵們除了行軍，還要替馬刷毛。

他發聲模仿，機槍掃射的噠噠噠噠，子彈飛嘯，以及飛機低空俯衝，咻——炸彈落地轟——喳喳喳，火花併射，人馬亂成一團，江上的冰嘩——裂開，極冷的水汩汩湧起。

死傷的馬被燒得全身嗞嗞嗞，有人竟用刺刀割馬肉下來，忍著腥臊臭味，還淌著的血水，嚥下去。

苦啊！

那滋味，誰能明白？

伊停止手上的動作，聽他比畫著。

彷彿那漫天的晚霞，成了戰場上的火雲。

那場戰爭，在他身上烙下幾個火印子，包括膝蓋裡面的子彈，他走路時，不能掩飾微微的跛。

伊憐惜地看他，眼光不再逃避，大膽而坦然地對他。

那你就跟連長報告，不要走路了嘛！

伊的天眞，叫他朗聲大笑。

那個時代，有理三扁擔，無理扁擔三，有什麼道理可講？連長看他行軍常落隊，自然免不了又操又幹老祖宗都挖出來臭一頓，打著長綁腿的竹竿腳（連長乾瘦如竹竿），幾次要踹他，卻終於派他當採買。得感謝連長的，沒有當採買的機會，怎能認識她，人稱「青菜西施」的張秀枝小姐。

他常利用下午跑步的時間，跑到菜園和她見面。起初，伊不理他，他在菜園邊的鐵軌上，氣喘咻咻做伏地挺身、打拳，不時發出鬼吼鬼叫的怪聲，伊覺得這人可笑，便不再拒絕，可也警告他，勿被鄰人看到，若被嚴厲的父母和刁滑的阿兄得知，外省郎敢到田裡勾引她，事情可大條哪！他機警得很，有一次，見巡水的村人過來，她急急挑菜回家，那敢掩護他，他只好乖乖屏息趴在田溝裡，偏那村人坐在水圳邊，又抽菸又嚼檳榔，等著細細的水流，從圳邊千里迢迢，徐徐游來，他老兄待水淹至腳踝，才伸伸腰、踢踢腿，察看埂堤，慢條斯理，補著幾鋤土，才哼哼啊啊地走，他可慘了，在田溝裡，蚊子螞蟻在他身上飽啖，連蟾蜍都要欺他，跑回連上時，晚點名只剩一分鐘，差點又被瘦連長請出祖宗八代。

隔天，講給她聽。伊笑得腰直不起，手抓起一團土，朝他擲去，他故意不躲任由土塊在他背上碎散，伊驚驚跑過去，替他拍掉土，揉，又驚覺男女授受不親，用力推他一下，跑回原來地方，低頭急急剝菜葉，不理人。

青年隔著菜壠端詳伊的側影。忍不住，囁嚅喚伊——

秀枝。

秀枝。

伊偏著臉，看他一下，忙又低頭刈菜。

我想留在埔姜鄉。

他說。

你們外省郎，最會騙人。

誰說的？

他迅速憤怒起來，漲紅著臉，幾近吼叫，質問：誰說的？

秀枝幽怨看他。

啊！

秀枝流著淚，嚶嚶哭著。她的臉，剎時，塗刻著皺紋，她的髮，瞬間化雪色，她的膚，一下子黃萎如檀香顏色……。

秀枝！

秀枝！

那青年一個錯愕，鬢、眉即灰白，成爲我的模樣，握著伊的手，伊的體溫漸漸冷去，冷去。瑰麗天空化成黑幕，籠罩著大地，我站在秀枝墳前，止不住淚，止不住淚！

轟隆！

閃電，雷聲，天空劃過一道白光。

「到了，阿公！」

有人推著我。

「沒有問題吧？阿德！」

安妮的聲音。

「放心，他還在呼吸呢！」

「叫不醒啊！」安妮焦急地說。

「他剛還在夢囈，睡熟了。」

我睜開眼睛。這長長一覺，有如跋過千山，涉過萬水，令人不想醒來。外面，天光奪眼，一片雪亮。

「阿公，你還好吧？」安妮站在我面前：「到了呢，高雄！」

列車靠站了。高雄，烘熱的早晨。

我顫顫地在阿德和安妮的攙扶下，坐上往恆春的車子，剛才的夢，教我疲僨萬分。

秀枝，終於入我夢。

自她走後，幾多個日子，她一直不肯出現我夢裡，她怨我，我當然明白。我是不該，不該在她病中，離開台灣，回山東老家探親；待返台時，她已在彌留狀態了。我不該，我是深深悔恨自己，雖然我並不預知，秀枝的病會在我回老家期間，突然惡化下去。在我臨行前，她在病床前，猶握住我的手，要我放心，別掛念她，好好回去省親，說不定我回台時，她已好轉了呢，並說，待她精神好些，她要與我一齊回山東，去看看青紗帳，去黃河口渡黃滾滾的水，到青島看海市蜃樓，要買十丈山東府綢，要吃飽萊陽大梨，要去摘即墨葡萄⋯⋯。當我帶了一籃煙台蘋果，以及親友們輾轉相贈的肥城桃子、滋陽栗杏，和一罐高粱種子回埔姜鄉，秀枝什麼也不能說了，只定定看我，眼神都濁了。我知她所盼，她的手輕觸撫著那些果子，已無力盈握什麼了，我把葡萄和梨榨成汁，沾濕她的唇，她似有所感，輕輕吮著，噏著，第二天，她便悄悄走了，在我疲倦沉睡的時候。

「阿公又睡著了。」安妮輕聲說。

「我說嘛！你還要罵我呢！」

「誰知道你心肝有多壞？」安妮笑著。

我其實沒睡，但我想要再回到剛才的夢裡。

夢中的秀枝，竟是我們初識時的年輕女子，那麼清晰、姣美的臉孔，那挑著籮筐，一步一搖擺的身影，多麼叫人醉心啊！

夢中的秀枝，責我騙伊嗎？

我思索著夢的情節。

秀枝臨終，什麼話也沒留下。她心裡必有千結，那麼，她一定是要藉著剛才的夢，來叮嚀我什麼。在她生病之前，家裡的一切，全仗她打理，埔姜鄉，誰不讚她的賢淑，連那幾個厲害的媳婦，也要敬她七分。她一定不放心我，她沒有離開我，她是一路跟著我囉！

我猛地一慄；秀枝生前禮佛甚誠，常叫我跟她恭念「觀世音菩薩」佛號，或誦《大悲咒》，也常爲臨終的鄉人助念，我發現她已嚥氣時，忙通知眾師姊，她們趕來，在伊入殮前後，不斷誦念經文，一位師父說，秀枝已成菩薩座前的持柳仙子了。那麼，她一定已洞悉我的一切了。難怪剛才的夢裡，她會責我騙人。

「阿公，你還睡得著啊？」安妮說：「外面這麼亮，你看啊！海，多美啊！」

南台灣的陽光格外熾亮，車過枋寮，海域中，遠遠一團隱約的島影，阿德介紹道：那是小琉球。

安妮興奮地趴在車窗上，對著海上的船隻，指指點點，阿德若有所思。我當然知道，這小夥子在擔心往後的日子。

「聽我說——」阿德的眼神和我相遇，我挺了挺身子，「阿德，我不會給你麻煩的，到你家後，一切的開支，都算我的，你不要拒絕。」

阿德看看我，聳聳肩：「我可不要安妮說我想占你便宜！你用你的，我們用我們的。」

「看啊！」安妮指著，依海而立如劍的山峰，興奮地叫著：「多麼像一把尖刀啊！」

「那山，就叫做『尖山』。」阿德說，「別太高興，過兩天，我帶你上山砍柴去。」

安妮捶著阿德的肩膀，逗得旁邊的乘客笑。

在車城下車，大家都餓了，入山的車班少，時間近午，我們便找了家小飯館，解決午餐的問題。

「哎呀！」安妮指著茶盤上飛舞著的蒼蠅，她擱下筷子。

「別怕，這裡的蒼蠅比城市裡的淳樸，沒有聽說過有人吃了蒼蠅飛過的菜而生病的。」阿德笑著說。

他的飯量極大，呼嚕呼嚕便吃了兩大碗飯，我的胃口也不錯。

「快吃，你還沒到大陸去呢！」我把故鄉之行的衛生問題，約略描述一遍。

「你啊！安妮小姐，你已經不是溫室中的花朵了，你馬上就是排灣部落的『荷娜』啦！」

「荷娜？」

好聽的名字。阿德教我第一句排灣話「荷娜」，花的意思，山上的花。

車班時間並不準確，小飯館的電視正播放午間新聞。

那女記者的聲音，微微地顫抖，充滿正義的激昂，畫面上，赫然是群眾與警方的街頭戰爭，慢動作，一個持長木棍的民眾，橫掃千軍，一棍敲下，一個警察血流滿面，停格，那持棍者被用白色圈圈標示出來；接著——

螢幕上，依然是戰爭的態勢。

那小蜜蜂般的機車，像急奔的怒馬，衝過警察的邊界，急轉彎，停下，長髮的少年和短髮的女子，將玻璃瓶飛擲向拒馬區內，迸裂出紅的、紫的藥水，警方猝不及防。

鏡頭有些模糊，機車殺出重圍。特寫尷尬的警察，身上的顏色。停格，機車上的男女。放大的近鏡頭模糊。

我擊膝，回頭看阿德，他正壓制自己的憤怒，咬牙惡惡地冷笑，安妮蒼白著臉。

記者OS：警方已根據民眾提供的線索，查知這名青年名叫楊家德，為某醫學院五年級學生，案發前在本市某外科醫院實習，案發後誘拐某外科醫院院長女兒，一齊失蹤，警方呼籲民眾，發揮道德勇氣，提供線索……。

女記者漂亮的臉孔，重新出現，對「五二九事件」夾敘夾議一番，最後說，警方已懸賞一百萬元……。

「怎麼辦？」安妮捏著手帕。

「惡劣，你老爸和劉寧搞的鬼。」阿德按著手指關節叭噠叭噠響，「看來，我的醫生大夢可以醒了。」

「別怪我爸，他一定擔心死了，說不定我媽從澳洲已經回國了。」安妮有些難過：「但我不管，阿德，你怕嗎？」

「我——」阿德說：「我怕的話，這個世界就沒有公義了。」

「你回家，有沒有問題？」我問。

「放心，我的族人不會害自己人。」阿德昂昂地站起來：「他媽的，大不了，我回崑海村當個密醫吧！要不然，上山下海，餓不死人的。」

安妮溫柔而堅定地看著他。

多麼自大、可愛的年輕人。

原先擔心的入山證問題，並沒有帶來困擾，阿德的膚色和山地話，就是入山證。

「我外公，我表妹！」他對管制站的警員說。接著用排灣話說了什麼，胖胖黑黑的警員拍拍阿德的肩膀，笑。

客運車在山徑裡迂迴，對我和安妮以及持入山證的外地遊客而言，一個轉彎便是一個驚心。

車子忽然靠著山壁停下，司機從車窗爬出去。

哈，他竟就著野厥，唏哩嘩啦地小便。

有人也跟著下車。司機並不急著開車，嘴裡塞進一個檳榔，和相熟的乘客用排灣話談起來。待乘客方便完後，才又發動引擎。

安妮覺得新鮮，臉上恢復驚奇的笑容。

車入東源村，一段坦直的柏油路後，又是連續的曲折，我看到路邊的婦女，頭頂著木柴或菜籃，擺動雙手，平穩地前進著，還一邊嚼著檳榔、談話。

「你啊！快啦！想住在排灣，就趕快學那一套！」阿德嚇著安妮。

安妮手摸著頭，笑著叫痛。

「恐怕還得在你漂亮的臉上，刺上青色的黥紋喔！」我說。

車上緩緩盤旋上山，流蘇般的山脈，巒峰疊翠，從高處俯望那崑海村靜靜躺臥在山與山交會的V字谷地間，而山谷開口，就是湛藍的太平洋。一個小小的港灣，正駛進幾艘船筏，多麼美啊！真叫人屏息讚賞。

「我每次回來，都要爬到山上，坐上半天，就看著我的部落，看著那海！」阿德說：「阿公，你回大陸去，心情是不是和我一樣？」

我笑了笑：「四十年不見故鄉，光流淚就不止一天。」

「也許有些相同。」阿德回答自己的問題：「我去台北時，天天想著，那一天，我回到部落，當一個小小的衛生所主任，部落裡的長老，也這麼期待著。你不知道，村人患了病，如果沒有草藥，便要開三小時車子到恆春醫院。哦，省立恆春醫院，也可憐哪！那麼大的醫院，才幾個人，有一段時間，就一個院長兼醫師哩！誰重視這個地區？只有自求多福了。」

我們下車，山上的空氣令人舒暢。

崑海村，依山傍海，一個小小的排灣部落。

「這裡，怎麼看不見石板屋？」安妮問：「好像沒幾個人住這裡哪！」

「石板屋，啊！有，在海邊，還保留一棟，嗨！小姐，也別把這裡想成蠻荒地區嘛！石板屋早就改成洋房了。」阿德舉手和村人打招呼。

過去，又是一個管制站兼崑海漁港的警員駐在所，再過去，是一棟海防班哨的營房，幾個士兵正在屋頂上，赤膊乘涼，一群狗趴在士兵的哨所前。

阿德的家在管制站和班哨後方。

「醫生，你回來了。」

一個黑壯的青年騎著越野機車，急急剎住在我們旁邊，「大家在替你擔心呢！」

叫阿森的青年，大眼睛打量著我和安妮，阿德用山地話介紹，青年曖昧地笑著，定下晚上的酒約，便發動引擎，向港口馳去。

「像這樣的青年人，正逐年逐月減少。」阿德說：「我在台北時，擔心我的族人都跑出山地，都去城市做工。」

「你們看就知道，村子裡，五十幾戶，沒幾個年輕人，女孩則一個也不剩。」他憂愁而無奈地說。

「爲什麼！這裡，這麼好！」安妮說：「下車時，我就愛上這裡了。」

「別傻了！」阿德的下巴飽滿極了，他抬頭，指著四周的山：「看到沒有——」

阿德手指的方向，山腹間隱藏在灌木、草蕨裡滾滾的鐵蒺藜，在陽光中發著森然的白光。

我想起那支雄壯的隊伍，在台北街頭理直氣壯的，邁開有力的步伐，喊出鏗鏘聲音的情景。

我們停留在雜貨店前，阿德才擱下行李，店裡的人便呼嘯著叫他。

「醫生，醫生，我們的醫生回來了。」

「好耶！好耶！醫生啊，今天一定是個好日子。」

「喔！明牌，醫生的『阿達馬』比較聰明，一定可以帶給我們幸運！」

眾人你一言我一語地圍著阿德。

「他們在簽大家樂。」阿德好不容易脫身，在門口打了電話回家，沒人接聽，電話也許壞了，「算了，直接回去吧，先講好，搞不好晚上要吃泡麵喔！」

「他們好奇怪！」安妮問：「你眞的給他們明牌？」

「哈！什麼明牌，胡謅的。」阿德反背起行李：「可笑吧！在這個地方，島的邊緣，住著排灣族、老兵、台灣人、客家人，大家樂和六合彩統治著這裡。」

「以前，部落裡捕魚、打獵、唱歌、喝酒是生活的全部，現在少了一樣打獵，多了一項

『大家樂』。」

「可怕這東西。」他嘆了口氣，笑了笑：「好在這裡近二百公里內，還沒有證券市場，要不然啊！哈——」

經過哨所時，尖銳的哨音和狂急的狗吠，突然襲向我們，安妮尖叫起來。持鎗的士兵跑出哨所，要查驗我們的證件。

「馬格野鹿，我家在這裡，還要查什麼證件？」阿德勃然變色，他用日語罵那士兵，接著又咕噥一段排灣話。

士兵端鎗，監視我們，那群仗人勢的狗東西仍不住地吠著。

一個山地士官出來，阿德用山地話抗議著。士官啞啞地解釋並道歉著。

「他說，班哨的狗聞得出每個村人的味道，狗叫，表示來人是陌生人。這裡，對外地客是要登記管制的，好在他們認識我爸爸。」阿德解釋著兩人談話的意思。

繞過岬角，平緩的山坡向海口延伸過來，一條沙土路悄悄漫向腳踝，路兩側盡是野菠蘿，一幢灰舊的平房，嵌在青鬱的山坳裡，傾斜的電線杆和垂落的線路，令人驚疑。

阿德擺手，要我們蹲下，他自己卸下小背包，躡足走向左側的松林，忽然，他縱身一躍，有動物吱叫一聲，阿德得意地笑起來，叫著：「捉到了，捉到了！」

竟是一隻小松鼠呢！

「敢不敢抓？」

安妮想伸手，又縮回去。

「嘿！好兆頭。」他說。

小松鼠在他拿捏下，縮著頭，弓著身子。

「小心別把牠弄死了。」安妮說：「放了吧，牠那麼小。」

「牙齒利了，不小了，但媽媽會找牠，晚上，我們可以用牠來誘捕媽媽，牠的爸爸或牠的兄弟。」

「不要！」安妮停步下來：「阿德，不要那麼殘忍！」

她伸手要搶松鼠，阿德大笑著把松鼠放進褲子口袋裡，松鼠尾巴露在外面，一縮一縮的。兩人就這樣追逐嬉笑著。我舉起雙手，讓肋骨舒張開來，感覺肺葉裡，都充滿山野的清新。阿德的父母不在家，屋子裡有些霉味。

「我媽媽可能去找老二，他在高雄當警察，我老爸就很難講了，他牧一群牛，從這山到那山，海邊山腳都是他落腳的地方。」

運氣還不錯，屋後幾簇牛屎可當柴燒，正招著蒼蠅。山芹菜沒有被猴子吃光，廚房裡還剩半袋香菇，院子裡的瓜藤架，長著兩條小臂粗的絲瓜。阿德出去片刻，手裡竟抓了一隻鼓舞著翅膀的雞回來。

傍晚的時候，阿森把阿德的爸爸從牡丹鼻山腳載回家，還帶了兩瓶自釀的米酒來。阿德說崑海村的牛，從來沒有走失的情事，牠們常沿著海邊步行，最後總會回家的。

阿德他們用排灣話交談著，安妮靜靜坐在一旁，我看得出來，她有心事。

我忍不住要啜一口酒，那金黃色的汁液，自杯緣滑入口裡，一股濃冽的香，滲透舌下，汩汩入喉，我全身暖熱起來。多麼美好的滋味，那個狗屁醫生，居然警告我不能飲酒，縱使一滴也不行，分明是要謀害我，讓我失去所有的樂趣！看！我的手那會抖？都是維松那小子，在秀枝的喪事之後，竟強要我去住院檢查，結果呢，什麼毛病都出來了。哎哎！這不過是喪妻之痛所引起的虛弱吧！

我要再喝一杯，眞好，這醇冽的酒，竟是我生平中最美好的甘泉，比起從山東帶回的孔宅老酒，有過之而無不及呢！

再斟一杯！

這酒眞令人忘憂啊！

阿森和阿德父子划著酒令，如歌。

我跟著哼唱起來，呃！他們三人豎起大拇指，對我的歌聲大表讚賞呢！我擊桌，進行曲小鼓，嗨！當年，我馬振可是一等一的鼓手呢！

咚咚、咚咚咚！咚咚！咚！咚！咚！咚！

前進！前進！同志們前進！爲偉大的祖國同胞幸福，爲朝鮮人民兄弟友誼，前進！前進！

咚！咚！咚咚咚！咚！

嗨！當年事，不堪回首，但是兄弟我馬振，可是大家夥公認的一流鼓手。

當我們從祖國的邊界，踏在鴨綠江上的冰面之前，鼓聲咚鏘！司令員同志在安東車站揮著手，瘦瘦的臉頰，有著堅毅而自信的神采，他不住地舉帽爲禮，或握手致意！

咚咚咚……咚咚！

咚咚咚……咚咚！

那鼓韻猶在安東車站迴盪著。

然後，是漫漫的行軍，逢山爬山，遇水涉水。

狡猾的美軍，不是躲在雲層裡，就是藏在山頭上，啊！當我們到達三十八度線，那慘烈的傷心嶺，叫人永生難忘啊！傷心嶺傷心事……。

眼看著同胞同志，一波波上前，一波波倒下去，又一波波上前，指戰員同志的嗓子都破了，他把我帶在身邊，給我鼓，我把鼓敲破，給我號，哦！我雖然只在安東受了幾天鼓手和號兵的訓練，打了兩發子彈，就拉上火線，但是那時候，管不了那許多，號兵在江上被炸死了，我接了他的號和職務，吹起號，噠嘀噠嘀地吹著，跟在指戰員身邊跑著，匍匐著，前進著，後退著。

一次再一次的進攻，一次又一次的重整部署，大家夥的眼睛都紅了，我的嘴唇也吹破了，但號音依然昂亮啊！

指戰員在每個山頭、村莊領著我們高喊，「抗美援朝勝利萬歲」，可我們卻必須利用夜暗時間，做夜間的緊急拉練，大家搞不清楚方向，反正一個挨一個跟著在夜色中喘著氣，時跑時停，時快時慢。指戰員說，這算什麼，他參加過二萬五千里長征，那時候，條件惡劣多了，那有什麼大砲啊？我們和地面的空中的聯軍玩迷藏，有時竟迷路，與司令部失去聯絡，常有迷路的遇上迷路的，胡裡胡塗跟著走，才知道彼此都是迷了路。

記不清楚日子是怎麼過的，那有時間去算計啊？從雪天凍地的鴨綠江冬天到雪融冰化的春天，而夏天似乎來得特別早，因爲戰爭的緣故。我們只知道躲躲藏藏，白天要防聯軍的火眼，夜晚要防美軍的「原子眼」，聽說，美軍的原子眼能穿透黑夜的僞飾，所以，大家必須習慣黑夜，用腳尖走路，禁止火燭，就連打呵欠，也不敢出聲，配領的香菸，不能燒，只好用嚼的，嚼那辣辣的辛味兒。

可惡那美軍的下蛋機，撲撲撲黑雲般飄到我們集結地區頂空，不由分說拉屎般，一粒粒黑彈子，直墜下來，就是那麼準，嘩地炸開火光血流，是大家夥，是馬嘶，是人嚎，而火線上，那密織如細綢的子彈，從不停歇地飛來飛去，網住多少人的性命啊！

我們又退下來，在廢墟、野荊中，啃著剩餘的乾糧，補給沒有上來，幾匹馱砲的馬早偷偷被殺了吃掉，焦灼的味道，充滿空氣中，每個士兵的肚腸也冒著燥燥的黑煙，炎炎的熱天，天空吝嗇下雨。

那個傍晚，天空中的火燒雲，叫人感到不安，似乎那兒已先廝殺了起來，血流天河，剛剛挨過燒夷彈的部隊，到處都在冒煙。

夜色，潑墨汁般滲了一地的漆黑。

上頭傳來總攻擊的命令。

我們就蟄伏在山腳下，攻擊目標是什麼歐米傑萬（ＯＢＪ１），就是那熒熒亮燈的山頭。

我奉命擔任夜攻先遣，指戰員說，得先拿下左側的高地，天曉得那高地已有多少骷髏葬在那裡，然後我們要等待友軍，一舉向「歐米傑萬」衝鋒上去，把美帝殺個片甲不留。

入夜了，果眞慘慘陰風，鬼火靜靜窺伺新的替死鬼，有點風吹草動，那青慘燐火，便跟著飄啊蕩的。

我們爬過山腰，出奇地順利，沒有被敵人的原子眼偵察到，終年累月鼠輩般晝伏夜出，早已鍛鍊我們暗夜中潛行的本領。前方忽然些微騷動，我們就地躲在彈坑裡，南無阿彌陀佛，我在心裡念佛號，我佛慈悲，別讓我在死人洞留太久，因爲我聞到一股惡臭，熏得人眼睛都酸了。

——口令！

是美國腔中文，那聲音嫩嫩的，聽說美帝的士兵都是喝奶長大的，嗓子總有乳臭未乾的幼稚調兒。

黑夜，那人勇敢地站起來。

——站住！

——幹什麼？

——我，我來投降的。

天！那是我們的同志啊！我認得出那佝僂的影子，是同班的順狗兒，至於姓什名什倒沒記。那傢伙平時總不言不語的，沒想到他竟背叛了指戰員。

靜謐中，拉扳機和上彈匣的聲音，裂人耳膜。

熒熒的火，忽然爆裂、澎湃起來。

那影子倒下去。

黑夜恢復沉寂，被烏雲蒙住的上弦月，匆匆灑下一汪慘白的光，隨即又躲入雲裡，不安地遮遮掩掩。

指戰員搗著手掌，裝蟲叫，我爬過去。

山頭上有著斤斤匡匡搬動金屬物的碰撞聲，遠處有狗吠和雞驚拍翅的聲音。天還有微明的雲光。

我們被發現了。

——站住！

——不要動！

我掏出小號，鼓著腮幫子，吸氣，吸了口又焦黑又乾燥的屍臭味，猛力吹起來——

嗒嘀——嗒嘀——

嗒嘀——嗒！嘀——

火信從黑夜的深喉裡吐出來，嘔盡滿肚子的憤怒的瘀血。

山腰處，所有的影子，像復活的屍體，飄然向前、向左、向右、後退、前進……。

我們衝上去、衝上去。

我感覺腳肚一股汩汩的熱。

衝啊！殺啊！

美軍——哦！不，是草綠色的中央軍，他們俘虜了我。

一個班的兵力，圍住我，我的八趟拳讓他們不敢近身，倒是那兩條惡犬，直逼著我退後，並使我不得不走下山。

我不語。

燈光照著我，那中央軍年輕的士官一臉的汗，忙著打電話報告他的長官。

我搖頭。

這是怎麼回事？

國軍反攻大陸了嗎？

是啊！聽說，國軍要從漢城打到仁川，再從仁川打到鴨綠江，再打回大陸……。

指戰員呢？指戰員呢？

他一定陣亡了。

啊！我不禁哭了，儘管指戰員常打我踢我罵我，但畢竟他有馬肉吃也不忘我，有勝利的消息，第一個讓我知道。

「痛嗎！痛嗎？」

一個戴眼鏡的少尉，打開有紅十字標誌的白色醫藥箱，取出鉗子、繃帶，蹲下來，替我消毒腿肚上的傷口。

吉甫車，急急刹住的聲音，士兵們忙起立。

「連長好。」年輕的中尉，摸摸佩掛腰間的手鎗，怒氣沖沖責怪士官：「是誰報告戰情室的，說什麼走私，又說是暴徒，搞什麼嘛？」

我瞪他一眼。他嚥了口水，臉上的怒火刻意偃息，音調也變了：「老先生，你是從那裡來的？這麼晚了，危險啊！你家住那裡，我的車子送你回去，好嗎？」

「俺住在山東濟南，你怎麼送我回去？」我生氣地回答。

士兵們爆笑起來。連長也咧嘴露牙而笑。

「笑什麼？」我自己也感到好笑。他們，眞是和善的敵人。

「老先生，你別開玩笑了，這裡都是山地特定管制區，你這樣子，從那個班哨到這個班哨，又喊又叫，會影響弟兄的執勤，對整個海岸線的安全也不大好，是不是？」連長商量著詢問我。

「老先生還喊殺、衝鋒呢！他喝了酒。」士官說。他指了指腦袋，做著陰險的鬼臉，他以爲我不知道他在向連長告狀，說我腦瓜子有問題。

眼鏡少尉替我包紮好，又問：「痛嗎？」

「子彈取出來了？」我反問：「你醫術好嗎？我在巨濟島的時候，美軍醫院外科主任親自替我開的刀，都沒把彈頭的鉛毒弄乾淨，你行嗎？」

少尉腼腆地笑著。

門口又是譁然。

——口令！

——誰！

士官探頭要衛兵放人進來。

「阿公喂！別唬人了。」阿德摟了摟我的肩胛：「你怎麼跑到這裡來了？」

安妮憂鬱的臉上，有著疲倦的微笑，還是她好。

「阿公，別怕，沒事了！」

阿森和士兵們在吱喳吱喳談著什麼。

夜，冷意漫了開來。

海，潮湧的聲音拍打著岩岸，浪花堆疊散去，濺起。

那月色穿透薄雲，把海面映照得十分晶亮，像一面發著幽光的巨鏡。

回到阿德家，我躺在木床上，翻來覆去，就是睡不著。酒意早已褪去，眞對不起阿德他們，三更半夜的，擾亂一村子的人，我是怎麼啦，那些往昔的舊事，竟然一再地映現。

稍令我感到安慰的是，我，馬振，流了一身汗，把體內的濁鬱都流淌出來，且證明老身未衰，無論如何，今晚的攻擊、衝鋒，是多年來最感暢快的一件事。

早晨，從窗口望出，海，水中含金，金麗的光輝，似從山脈巒峰交界處放射入海，又似從海底反映上天，雄奇的山，倒寫，黃金輪廓在浪紋中曲折，蒼蒼幻影水洗一新，山又似是從海裡聳立出水的。

阿德是生氣了，我猜。

早晨起來，他連看都不看我一眼，拉著安妮就向海邊跑。

「別亂跑啊，阿公！」安妮酡紅的臉，寫滿對海的嚮往；「我們去釣魚、游泳，阿森會送午餐來給你。」

除了陽光，林影，以及平緩的海岸，挾鎗來回走動的士兵，整個崑海村，靜息在早晨的蟬聲中。偶爾，有鳥飛過天際，剎那，就在奪目的光氳中消失，似被熱淵融化了。

我試著撥電話回台北，電視劇給我靈感，問題相同，答案各異。

1.俺是馬振的老弟兄王××，他在不在家啊？

●維松（美美接的電話）：我爸他不在，不知道他跑到那裡去了，維松正忙著找他，哎！報警了。

●維揚（仍是啞啞的將醒未醒的嗓子）：我爸，跑掉了！誰知道他到那去了。

●維英（先是小雄接的電話）：我爺爺他他被壞人騙走了……（電話被珍珍搶過來）嘿！那裡找？喔！我公公有點小狀況，現在，現在不方便接待親友，他精神是有些問題……（語焉不詳）

2.他受了什麼刺激嗎？俺去年同他回山東，好好的啊！他到那去了？

●維松（美美）：他從山東回來後，婆婆就死了，其他……（追打孩子，罵著：死囝仔）哦對不起，我公公是精神有些不對勁，他散步、散步去了……。

●維揚：什麼刺激？他回山東修祖墳、建房子，以爲老家的妻子兒女……嘿！老伯你應清楚是怎麼回事。他是瞞我們緊緊的。我媽病死，對他不見得是刺激，但自己的妻子變成別人的妻子，原想兩岸都有家，卻是兩頭空，刺激，這才是刺激吧（他打了個酒嗝）。誰知道他到那裡去了？

●維英（珍珍把電話交給他，可見他剛還在睡大覺）：王伯伯，喔！見過您見過您，我爸他呀！我們做兒女不好在背後說什麼，他呀對自己的兒子都防，哈！保密防諜。其實，有什麼事瞞得住呢？我們早知道他在大陸有妻子兒女，我媽可憐，明明很久以前就知道，還裝作什麼都不知道，幫我們瞞，她以爲爸不會那麼絕，以爲爸不會眞的在她生病時回山東，可我爸也以爲我媽都答應了，就走了。媽是撐到爸回來才閉眼的。他現在不在家，隨他高興嘛！也許，他會去找你或老鄉們也不一定。

我掛斷電話。

原來，我是這麼透明。

原來，他們早已窺知我的某些祕密；對於我的離去，並不在意啊！

他們把秀枝的過世，歸諸於我的返鄉。

我再度拏起話筒，以帶著台灣腔的國語，略四十歲左右的江湖人語氣，告訴他們：

喂！你老爸馬振在我們手裡，準備三百萬，半小時後再聯絡。

●維松：喂，你是那裡？那裡——我爸——三百萬！他他他他現現現在在那、那兒兒兒先先先有有話好好商商商商商量量咧！

他小時候緊張口吃的毛病竟然未癒啊！這傢伙枉費我叫他背三字經，以及對著鏡子演講的苦心。

●維揚：啊！三百萬？三十萬也沒有，幹！（用力掛斷電話）。

●維英：什麼？我老爸？你是誰？搞錯了吧？老子也是混的。少來這一套，他七十多歲了，又不是黃花大閨女，笑話，哼！

三十分鐘後，我撥通了維松的電話，卻聽到他嚶嚶的啜泣，我什麼也沒說。這沒出息的傢伙，雖然較有孝思，卻不若他土匪、狐狸弟弟那麼有骨氣。果眞，維揚破口大罵，而維英的話筒，卻有異樣的聲音，他一定錄了音，於是我說故事般地告訴他，我的行蹤將出現在台北市的某養老院，他必須把錢平均樂捐給養老院、安老中心。

我決定離開屋子，走向海岸，雖然，海的記憶並不十分愉快，但在這百無聊賴的濱海山坳，狂濤巨浪或可滌蕩心中的灰鬱。我在這屋子已經待了幾天。

瞧！阿德竟把門鎖起來了，這令我有些憤怒，但很快的。我被窗櫺外的海岸風景吸引住了。

這是多麼美而詭譎的地方。

岬角的軍艦岩，多像一艘靜靜下碇的軍艦啊！黑色的岩石由下而上，一層疊一層，墊在下面的岩塊較寬，第二層的較薄窄些，第三層則更小些，最上層的如同砲塔，只差沒有桅竿和信號旗。哦！有兩條因迎光而漆黑的人影，站在軍艦岩，奮臂，張揚著魚網，因爲背景清晰，使人誤遠爲近（我很高興自己仍未忘記軍中『距離測量』的知識）。那人曬好魚網，插腰，向遠方眺望。

遠方，一艘白色的小船，劃破平靜海面，激起蕾絲邊一般的水波，向岬角一側的港彎，駛來，船上，似有人揮動斗笠。

我掬水潑臉，清洗眼角，我的視力一向不錯，最近卻常感有濛濛水霧橫在眼前，醫師說是輕微青光眼，眞是危言聳聽。

我在觀察海岸的曲直、進出路線；上午的陽光在海上輝亮著，水面似飛躍著玻璃、碎鑽，風輕雲淡，海天相連，分不清界際何處，空氣中充滿淡淡的魚味。

船進港，泊進天然礁岩圍成的港灣，碼頭上，幾艘小貨卡般小型動力船筏，靜靜依岸。守防的士兵，頂著橄欖色的鋼盔，下巴上的帶子沒扣緊，挾著鎗，懶懶地來回走動著。

陽光下的海域，其實是不安的，因爲海水顏色不僅是單調的藍，且融化著一些黃橙、草綠、黛青、靛紫、灰白，甚至從雲朵間反射洩露下來的些許玫瑰紅，由近岸而高、低潮線至遠岸，隨距離逐波而湧，每一色帶似相濁，實分明。

我扳開窗戶，一躍而出。

首先，我機警地貼著巖壁，躲過班哨的士兵，這捕俘摸哨的功夫，我早在戍守金門時，便已磨鍊得爛熟。在我服勤時，蟑螂絕不可能活著通過我的；反之，我們巡查士兵們的班哨時，每每在我悄然行至士兵身邊時，他們仍然渾不知覺，所以，弟兄們最怕我巡查了。

然後，我順著剛才阿德他們的足跡，沿著海岸防風林、沙岸上的葛藤、野菠蘿，以潛行的姿勢前進，這比諸在仁川附近的地形要好得多，我流著汗，聽著海浪湧擊礁石的聲音，並且偶爾停下來。猝不及防，針葉林突然一陣沙沙抖動，原來松鼠在窺探我，我被牠驚駭，牠也被我驚嚇了；這樂趣令人愉快。

我以躍進到達目標，山與海的交界，岩與巖，礁石與砂岸之間的闊葉樹林裡，一隻鳥突然飛起。

砂質海岸上，布滿粗糲的卵石，昨夜漲潮的水痕猶在。一副脫棄的龍蝦外殼，在陽光下格外紅豔。黑褐的礁石，成岸，向水藍之際延展。

安妮就坐在遠岸的礁石上，踢著水，並不時招搖著手上的草帽。水際，飛濺的浪花間，隱約的人影，阿德矯健的身手，逐波蝶泳。

他忽潛忽浮，安妮笑聲飛揚，他嘩然騰躍水面，拉著安妮，一齊鑽進波浪裡，她反身仰泳，他揚手逐浪。

我的眼睛有些酸，燦亮的陽光使我不敢逼視海上的氤氳。

他們上岸，攜手跑向樹林前的沙丘，我趕緊躲在岩石後面。

他們在沙丘的凹部停下，阿德機伶地探頭梭視附近，他沒有發現我。

我定定地看著。

青春就是這樣嗎？

我有些暈眩。

阿德在凹部外側，他昂然，甚至是驕傲地站著，用力扭乾衣褲，並鋪曬在沙土上的藤蔓上，他的髮上閃亮著水珠，黝黑的臉龐，因汗光而鮮明、俊美，他張揚雙手，面向海岸，一邊掩護安妮一邊深呼吸，並發出啊——的聲音，他的胸肌，隨著手臂的舒放而飽滿、虯起。

「不准偷看啊！」安妮有些著急，一邊脫掉身上的衣物，一邊防備，警告著外面。她用未乾的衣服，遮掩自己，她赤裸的背影，在我的視界裡，不安地挪動著。

我揉著太陽穴，閉眼。

彷彿，我跌入漩渦裡。

阿德偷偷地轉頭，窺探著安妮，她輕笑著抗議，雙手抱在胸前，轉身向內，她酡紅的臉頰，漾著羞怯的笑意，阿德躡腳從背後抱住她，她溫柔地拒絕著……。

我悲傷地閉住眼睛，然後，悄悄走離。

我繼續海岸探索的行程，流蘇般的山脈與海之間，愈向南行愈是親密，山勢漸走高，軍艦岩在崖與愈湧愈急的浪之間，乘載著波濤，並接引山脈的側影，投入海裡。

懸崖在上，一塊自山腰滾落的巨石，斜插在岸邊，我躺在軍艦岩上，藉著山的陰影憩息。海的記憶，倏然翻湧上來。

異國的巨濟島，擁擠的碼頭，我和夥伴們從「和平村」——聯軍的戰俘營走向未知的旅程。

我們又興奮又害怕，登上軍艦（哦！那橄欖綠的船身因海水剝蝕漆彩，竟變成黑褐的顏色。我站在甲板上，望著黛藍的海水，心中一片茫然，冬北季風吹痛了人臉，吹得人麻麻的，那感覺叫人欲淚，我們害怕軍艦開錯方向，不時地向舵房查問方位。天曉得北緯南緯，心頭卻又驚懼，此後何去？）

船近台灣海峽，雨下不停，鄉關在朦朧的兩岸，護航的旗艦傳訊戒備，有中共的船隻在遠方海域出現，我們變得虛弱而激動，心和眼睛在熱淚中浸濕了。有人一躍下海，被救起時，全身凍成紫色，大夥圍著他，默默拭淚。

軍艦在詭譎的氛圍中繼續航行，鴨綠江已遠，基隆港在等著我們，深夜停泊外海，天光乍現，艦上就掀起反攻大陸的口號，我們都相信，回鄉日不遠，我們要打回去！

軍艦開進基隆港，繽紛的標語、花圈、旗幟和隊伍，歡迎我們。在鞭炮聲中，我竟難辨身在何處？

行軍、演習，要走多遠才能到家！誰也不敢問，只有以酒解。

離鄉、歸鄉的愁思，總令人恍惚。

認識秀枝，也是那種恍惚的感覺。

她不是秀枝，是山東老家的蘭姊。

她不是蘭姊，是埔姜鄉的秀枝。

乍見秀枝，眞以爲她是蘭姊；甚至，結了婚後，還替她改名秀蘭，她嫌不好聽，雖執意我叫她秀枝，但，對我有時喚她蘭，也未曾起疑。

我想起早上的電話，三個混小子的回答，令我驚心哪！

秀枝眞是早已探悉我在老家的情況嗎？

在我臨行前夕，她抱病陪我去北港朝天宮，求了一只香火袋，要我掛在胸前，日夜保平安。我想到她在病床上與我道別時的神情，我竟未曾察覺，她輕揮右手，要我快去機場時，掛在懨黃病容上的微笑，是含著眼淚的，那是訣離的幽怨。她右手撫著胸口，當時，她一定心痛難當吧！

聽說，人死後，會在奈何橋上，俯視奈何水上生前事，所有與之有關的人、事、虛假、眞實全部映現水中……，秀枝可會洞察我的全部？包括我第一次偷偷回去，和蘭姊共敘天倫的事，也將無所逃於水映之中。

第一次返鄉，是在政府開放探親之前，藉著去東南亞旅遊的名義，在旅行社的安排下，由香港入境。那時，秀枝的左乳剛手術不久，右乳又發現了異狀，右手臂已經抬不起來，自然她是無法與我同行的。十天匆匆故鄉行，故事是：蘭姊領著兩個孩子，飽經滄桑，未曾再嫁。

第二次返鄉，故事變了本，原名馬善，在文革時改名馬東紅，猥瑣的遠房表兄，露了眞相，還要縣黨委書記做調人；他在韓戰時，返鄉，攜到件血衣，向蘭姊謊報是我的遺物——我已經在仁川的傷心嶺陣亡了。並藉口我遺言要他代照顧妻小，接近蘭姊，在鄉人的撮合下，他們在六〇年成爲愛人同志，蘭姊還替他生了一男一女。當我和蘭姊聯絡上後，回信也全由他操刀，硬瞞著我事實，目的無他。我頭回返鄉，馬東紅以昔日戰友的身分，和其他一齊參戰的老夥伴，請我在縣裡吃喝一頓，我的家人，竟也幫著他瞞我。更噁心的是，返台前，我還和蘭姊共眠一床，我因宿醉，也沒有餘力去和蘭姊如何了。翌日，親人和馬東紅都以曖昧的眼神看我，我還附在蘭姊耳邊說了「來日方長」這句。第二次返家，修好了墳，造好了屋，我還夢想有朝一日，返鄉和蘭姊共度餘生呢（我早已不指望維松三兄弟了）。沒想到，眞本故事說了出來，令我憤極而泣，虧馬東紅說得出來，他願意和蘭姊離婚，讓我們復合，條件是每月給他五百人民幣。

唉！

我嘆氣。

唉——

啊，我驚坐起來，分明聽到一聲幽長的嘆嘘，好似從很遠地方，很深的谷淵傳來的。

我環顧四周，前面是海，後方是山，左右皆巖岸，沒有人啊！

我握緊拳頭。

唉——矣——

又一聲嘆息。

我猛抬頭，山頭上只有微風，吹不動野荊林木，那樣有氣而無力的枝椏輕拂。

日頭正中央啊！

我揉眼定神，並伸手抓住胸前的香火袋子，默念佛號。

那嘆吁聲又起，且夾雜嘀咕聲。

我悸慄而起，腳底竟有一股涼風。

——立正——

我用力斷喊。

我的口令在山谷間迴盪，迴盪，卻很快被浪湧擊岸的聲音遮住。

無論我怎麼喊、叫罵，那嘆吁聲，一長聲接一長聲，連綿而引。我再也喊不出聲，想走離，卻一步也邁不開，腳底好似被吸盤吸住般地無力。

我虛弱地蹲坐下來。整個人好似要溺死一般地無力、暈眩。

有哨音，海岸梭巡著的士兵，向我的方向揮手。

我默禱：

秀枝，是你嗎？請原諒我。看在三十五年夫妻的份上，別來嚇我！

我發誓，我從來無背叛你的意思，這、這是歷史的悲劇，是莫可奈何的，冤有頭，債有主，你去找作惡的人吧！

嘆息未止。我面海跪下，那聲音，似從海底幽潭冒出的！

我合掌三拜，並曰：

秀枝啊！

你要保佑我，你生前最愛我，我是謹記在心的。

你知道自從你走後，我過得多苦哇！

維松他們唉！輪流著把我折騰來、折騰去，害我對台北的街巷有恐懼感，一出門就擔心迷路。這是因爲你不在了，你走後，我就失去方向感了。

秀枝啊！

我對不起你，你和我辛辛苦苦度過三十五年的歲月，好不容易，兒女大了，我們的土地

——都是你和我一寸一寸，流汗打拚、耕作出來的，也漲了價，我們準備賣一小塊，用來安享晚年，沒想到天妒紅顏，你竟罹患乳癌，回天乏術，嗚呼！並不是我拋棄你啊！是天拋棄我啊！嗚呼！

秀枝啊！別再嘆息了。

我知道你有很深的幽怨，但一切是命啊！

自你走後，我身體也不行了，被媳婦笑，孫子看不起，你知道，我多可憐，孫子都不叫我阿公，叫一聲阿公，代價要新台幣五百元！

秀枝，你已經成仙成神了，若我有對不起你的地方，就請寬宏大量，人說：一笑泯恩仇，何況你我天人永隔，你已經是天庭仙姑，我還是凡俗老夫了。

嘆息聲，愈加深沉了。

一股涼意滲透我全身，果眞是秀枝嗎？果眞是秀枝嗎？我磕頭，再拜！

秀枝啊！別、別這樣，一夜夫妻百日恩。

你是不是記恨我在剛結婚時，曾經打你三個耳光，踹了你一腳？我知道錯了，可是，你也知道，那時候，我們都年輕，不懂事，我那時只是個代課教員，學校裡，本省老師排斥外省人，外省人也鬥外省人，因此有人告我的密，說我收聽匪廣播，有匪諜的嫌疑，你不知道事情的嚴重性，竟向警察說我每天晚上都聽，害得我被抓去關了快一個月，差點剝了層皮。我一放回家，就對著你左右開弓，再補一腳，把你苦心煮的豬腳麵線倒到地上，讓你哭了一個晚上，並且，看見我就發抖，還怕我跑走，回大陸。後來，我不幹教員了，以行動表示自己的清白，和對你的堅貞；我用隨身攜行幾千里自大陸轉進來台，始終綁在腰帶布囊子裡的家傳金元寶、黃金，買了一塊地，和你一起做牛馬，沒日沒夜地做，田一塊一塊地買，誰也不敢看輕我們，全埔姜鄉誰不誇讚你秀枝？就連反對我們結婚最厲害的大哥，也來向我們道歉，是不是？你一定記得，民國七十年，我們一齊去中興新村，接受全省十大農家的表揚，多光彩，是不是？我在埔姜村生根，也幹了幾任村長，全村大大小小，誰不叫一聲村長伯、村長嬸，當鄉里的人要叫我出馬競選鄉長、縣議員時，你不贊成，說那是大頭病，我也聽你的啊！我一向聽你的，是不是？

秀枝啊！

想過去，我是悔恨自己。我承認不夠溫柔、體貼，對小孩的管教，太軍事化，以致，他們都離我好遠，尤其在你走後，我眞是頓失倚靠啊！

秀枝啊！

我、我會聽你的話，從今天開始，每天念「南無阿彌陀佛」、「南無大慈大悲觀世音菩薩」各五百聲，以祈福消災。以前，你怪我鐵齒，對佛不恭敬，對神無誠心，這、這我是無意的，好在，有你、有你一直奉請佛祖爲我加持，我知道了，我知道了！南無阿彌陀佛，南無阿彌陀佛……。

南無大慈大悲觀世音菩薩……。

我叩首，再叩首。

那嘆息，卻愈來愈清晰、愈清晰。

然後，竟有沙沙沙的腳步聲。

我、我發抖，好冷，一下子又覺得熱，我的心臟快跳出來了，我想吐，嘔——

啊！是秀枝哪！眞的是她哪！她駕浪而來。

秀枝——

我全身燙熱。

秀枝手上的柳條，輕輕一揚，甘露滴我頭面，我頓覺全身舒涼。

秀枝——

我喊著秀枝，喉嚨卻瘖啞無聲。

秀枝凌雲而去。

我陷入一片黑、腥紅的迷霧中。

隱約，有人聲：

……這個老頭，精神眞有問題……。

……怎麼額頭撞得這樣子，拜什麼啊？山神，或是海龍王……。

……阿公！

那嘆息聲仍在我耳邊，悠遠而深沉——唉——矣——

……阿公怎麼啦！阿公……

秀枝，別再嘆氣了。

秀枝，別嚇我，秀枝，我錯了……。

……阿公，沒有人在嘆氣啊！嚇死人了，阿德——

……哈！阿公！阿公！阿公！你醒醒，那不是嘆氣，那是岩石洞，漲潮時，海水湧進去的回音啦！

……你看嘛！這整片礁岩，有幾百年了嘛！海水日夜沖蝕，久了，就從下面透空了，漲潮入水，那力量在洞裡迴盪，哈！那裡是嘆氣嘛？

……我看，阿公是中暑了，阿森，快！我們先把他移到樹下……。

秀枝！

我奮力喊著，整片山谷、海岸都喊著秀枝。

那遠去的雲絮，倏然回轉飄凌來到我跟前。

哦！秀枝。

我微屈膝，雙手迎著一襲海青長衫的秀枝，伊一手持念珠，一手拈柳枝，臉上無悲無喜，只漠然望我，輕輕一嘆，便回身而去，瞬間，雲邈無蹤，那嘆噓卻幽深綿長，在天地間飄迴不已。

我奮不顧身，奔向海面，卻被安妮他們叫住了。

他們在樹下喚我。樹下，那老人平躺著，一臉的鬍渣，眼角有淚影，皺紋深刻，五官因臉色飽滿成赭紅而扭成一團，使人分辨不清他的形貌，他好似一息尚存。那人，似曾相識。

安妮哭了，阿德跪在地上，一頭臉的汗，他的臉色泛成青白，喃喃著：「怎麼辦？怎麼辦？」

「人工呼吸行不行？」阿森問道。

阿德還在猶豫，他握持著那人的手脈，皺眉。

阿森急匆匆奔向村子，邊跑邊喊著：救人啊！

安妮推開阿德，扶起老人枯白的頭顱，靠近她的胸脯，叫他：阿公。他不應。她把老人放下，一手推著老人的下顎，一手輕撫老人的前額，使老人的頭向後仰。她的淚掉到老人乾皺的臉上，哽咽：「他沒有呼吸了。」

阿德過來，撬開老人的嘴。老人的嘴發出一股臭、苦。安妮用右手捏緊老人的鼻孔，深吸口氣，她低頭，毫不猶豫以口對老人半張的嘴，用力吹著氣，老人扁平的胸部有些微的鼓動。

我忽然聞到一股髮香的氣息，哦！是上回與阿德、安妮共乘機車的芬芳，我乾渴澀苦的舌根，滲進溫情的汁液，我深深地吸著，吸著，可是我竟無力……。

阿德站起來，他冷著臉，看著安妮再次以口對口吹著氣。安妮的動作有些慌，卻不失熟練，她繼續檢查老人頭部的動脈。

「安妮！」我喚著她。

這美麗善良的女孩，多麼叫人感動啊！用她柔軟的唇，吐放青春的氣息。

那老人竟了無生意了。

我蹲下，將安妮的眼淚接在掌心裡，這是生命的甘露啊！

「別這樣！」安妮抬頭：「該你了！CPR，試試看！」（註CPR：心肺復甦術）。

阿德解開老人胸前的扣子，兩手交握，用掌心壓著老人的胸骨下方，壓、放、壓、放……地按摩著。安妮仍對著老人的嘴裡做人工呼吸。

老人的臉漸由赭紅黯淡下去，轉成青白。

我極力想幫助這兩個孩子，但他們對我的手勢，似不理會，也沒有看到。他們一次又一次地替老人急救，卻毫無效果，兩人開始有些怨艾。

「他怎麼會跑出來？」阿德說：「一定我那個酒鬼老爸開門忘了鎖。」

「他是個好人。」安妮悲傷的說：「怎麼辦呢？」

「我就說不該帶他來的。」

「他可憐！」

「我們不可憐？婦人之仁！」阿德說：「我看你是愛上他了，居然——吻了他！」

「阿德，我要你收回這句話，你的血是冷的還是熱的？你袖手旁觀，延誤急救，就是因爲嫉妒！」

「嫉妒一個老人？他心懷不軌，你還護著他，剛剛，他躲在樹林裡，看我們——」

「喔！你早就看見他在樹林裡，你還這個樣子？」安妮嗔怪著。

「我就故意，怎麼樣？你不知道，他無時無刻不在窺伺我們，這個老人，根本就有，問題，心理、腦筋。」

阿森領著村人，開了一部拼裝砂石車來，大家七手八腳地把那人塞進前座，砰砰砰砰往滿洲鄉的山路走，聽他們講要送到恆春醫院去。

我趁車爬坡時，一躍上去，坐在安妮旁邊。

海風輕拂，安妮身上的氣息，在我鼻翼間游移，她薄薄的衣衫裡，青春的身體，隨車的顛簸而躍動著，她臉上有深深的憂愁。

拼裝車每一爬坡，就輾起黃滾滾的沙塵，她柔麗的臉龐涔涔著汗，我想替她拭去，想替她遮掩熾熱的日光。中午，山脈連著山脈，青青鬱鬱的，反叫人不安。拼裝車的引擎劃過中午的靜，無風，這眞是個詭譎的日子。

上山，海已被巒峰隔絕。

出山，滿洲鄉古樸的風景裡，竟有一股隱約的殺氣，原來，街路上正有一群人，圍論著灰面鷲的價格。我兀然發現，自己的嗅覺竟然靈敏如斯。

恆春，巴士海峽，和太平洋海域，有著某種不同。哦！海浪的溫度不同，風景也有巨大的差異。太平洋之濱，島的邊緣，崑海村是尚未著妝的小女子，恆春則是喜歡胭脂的漁家婦了。

到了醫院，值班醫師在急診室裡，隨意翻了翻老人的眼皮，聽聽心跳，攤攤手，宣告：沒有用了。

嚼檳榔的警察把阿森、阿德、安妮帶到警局。

警局服務台面上的鷹飾，嘎嘎對著我叫，我朝牠丟了一顆石子。牠睜眼看著石子定在空中，嚇得收緊翅膀，逃回飾架上。其實我也不想進去，我只是想告訴安妮，我已知道阿德將被扣押，她不如跟我走吧（我有個美麗的想法；帶她回埔姜鄉，和我共同生活）。

我用力招手，安妮憂愁的臉龐始終未曾抬起，自然，她悲傷得看不到我了。

我決定獨自離去，至於存款卡等就留給安妮。

空氣中的鉛和臊腥汽油味引導我到車站。乘客很多。從他們的穿著，可以嗅出台北的味道，陽光的印子，使他們的蒼白愈益明顯，而狐臭和嗆鼻香水摻雜著海的鹹味。

這個社會，愈來愈不知道敬老尊賢了，沒有人理會我。唉！我只好勉強擠到行李架上，這是恆春往台北，每天唯一的一班國光號班車。

沿路上，我驚訝自己的記憶，一些模糊的人、事忽然都清晰了，包括這沿線的市鎮、站別，竟一一浮現在我心底。更令我高興的是，我的眼翳，不藥而癒了。我看清楚周遭的人；甚至，我可以洞悉，那幾人是情侶、露水鴛鴦、夫婦。比較令人不悅的是，一路上車禍共計二十七件，死三人傷十六人，車子全毀四輛……。

回到台北，更令我驚訝的是，我居然能夠準確地搭上公車，而且，路況出奇地順暢，再也不會搭反方向的車子（那是多麼不愉快的經驗）。我判斷，那兩個不成才的兔崽子會在維松那兒，他們也許正在商量關於我的遺產、存款的事。我倒要看看，他們如何算計我。

應該是這裡沒錯，可是，我卻遭一位紅臉大漢的擋駕，他一身勁裝，武俠片那種穿著，一臉落腮鬍，眼露凶光，雙手抱胸，竟毫無讓我進去廳內的意思。

這簡直是笑話嘛！老子被兒子拒絕回家，我明明聽到他們正在談話，裡面還有幾個埔姜鄉人，（埔姜鄉的腔調，輕聲字多變爲第二聲，喜歡加上尾音；如車子，台語ㄑㄧㄚ，埔姜鄉腔卻是ㄑㄧㄚㄧㄡ。這可是我當了五年小學教師的心得——很奇異，這塵封已久的記憶，輕易被勾起了）。

我福至心靈，不再硬闖那扇鐵門。於是，我爬上頂樓陽台。我俯視著夜空下的台北街道，一片黃濛濛的燈，車如河，人如潮。

我在微明中摸到那張搖椅，在維松這裡的時候，我總喜歡獨自到這兒，坐在瓜棚下。維松忘不了農鄉種種，在頂樓邊上塡土構畦，居然也生意盎然，有吃不完的絲瓜，南瓜、空心菜、葡萄和蕃石榴，而我除了喜歡棚蔭外，最重要的是，在頂樓，我可以恣意放鬆自己，睡個好覺，或者取出藏在花盆裡的單筒十倍望遠鏡。藉著瓜果蔬葉的遮掩，飽覽四周人家門窗裡的祕密。我用小石子在牆角上，以「正」來記錄對面四樓那豐滿的、長髮總是風情萬種的女人，一週之內男人出現的人、次、數（他們有時旋風般，有時暴飲暴食，她則整天穿著睡衣或更簡單的衣物）；以「△▽○×」表示左翼六樓一臉青白的瘦媽媽，早、中、晚、更晚修理孩子的次數（不打小孩的時候，她家的窗帘關得嚴嚴的，打時則全樓招搖，小孩又愛哭）。總之，這是孤獨的樂趣。

此刻，燈火闌珊處，人影幢幢，（望遠鏡夜間的效果不佳）。於是，我順著南瓜藤，滑溜下去，剛好進入玄關，未及脫鞋，一眼瞥見裝潢天花板有空隙，便鑽了進去。令人厭惡的是，天花板上竟有兩條壁虎正在交尾，一隻蟑螂倒掛身子正在觀戰，還有數十粒蟑螂屎。我貼著五分厚的板子，還能清晰辨別說話者，並由音調察知表情。

一股檀香味，使常年過敏的我，差點打噴嚏。

待我定睛一探。

喔！客廳內熱鬧滾滾。

八仙桌中央正是束髻單腳踩風火輪、手比蓮花指印的太子爺，那紅臉腮鬍大漢持戟肅立座旁，眼睛骨碌碌轉，耳朵不住掀動。桌前，那一身白衣的獨眼老人，閉目，伏桌不住地點頭，發出稚嫩的嗓音。

——啊！

——啊！

獨眼老人的上身抖起來，抖起來，忽然他奮力朝桌上一擊，整個人彈跳起來，就在八仙桌前曼波般地舞著，單腳橫掃，眾人慌忙後退。

「快上香，發願！」

說話的人，是阿平兄咧，這個人，當初堅決反對秀枝與我的親事，個子小，說話聲音大，在秀枝娘家分量不輕，我知他貪杯，便藉酒交情，後來竟成爲我的莫逆，無事不與。近年，患痛風，不良於行，整日窩在村子裡的「鎭安宮」，與人解籤詩，其實，他在日據時代只上過兩年公學校，籤詩解析，還是我逐句教習，他才漸有心得的。

「阿舅，怎樣講？」維松持香肅立，問道。

「唉呀！」阿平兄站起：「來，跟我念——

太子爺，弟子馬維松、馬維揚、馬維英在此懇求，信徒馬振，現年七十七歲，在農曆五月初六，也就是國曆五月廿九日，受到奸人陷害，至今失蹤已有數天。特請太子爺不遠千里，由埔姜鄉請到台北，明察暗訪，探伊行蹤，若有下落，不論是生是死，弟子等發願在尊駕前搬布袋戲三天，以宏聖威！

一拜、二拜、三拜——好！有請太子爺明示——」

阿平兄的聲音，有如布袋戲班主的怪腔，抑、揚、頓、挫、轉尾音——埔姜鄉的第二聲，叫我想笑。

太子爺似笑似哼哼，點點頭，搖搖手，跨大步，沉吟，單腳立在風火輪，抬手遮拊第三眼，八仙桌前行又停，觀照千里靈感通，遂喝道：「弟子啊——」

「在！」阿平兄恭敬應答：「弟子馬維松、馬維揚、馬維英，恭請太子爺下旨！」

那太子爺一抖首，兩眼翻了翻，手擊桌，驚掌，威武。

「苦啊！」音亢揚，孩喉腔，娓娓道：「伊啊伊啊馬振！」

我肅然，莫非太子爺的第三眼看見我了？

「魂飛魄散上九天，跋涉三山又七海，伊啊伊啊！吉凶禍福莫問仙，啊，子忤媳逆孫不肖，喝，喝！」

喝！眾子媳面色慘白，這太子爺果眞靈驗。

「快跪下！快跪下！」

阿平兄傳旨，他們卜咚卜咚一一跪下。

「來！你們也來！」

一直在門口張望，又好奇又害怕的小中他們，乖乖地、怯怯地跪在大人旁邊。

太子爺的頭冠猛烈地抖動著，兩手扶桌急拍，那香爐微跳躍著。

「太子爺！請息怒！息怒！伊子孫媳婦攏總知錯了，知錯了，請再下旨！」

「心不甘，情難堪，魂轉雲霄，魄遊他鄉，唉——」

又吟又唱，小娃聲一轉，啞啞沉沉長嘆一聲。

「恭送太子爺！退駕！」

果眞，太子爺忽然縮小，縮小成八仙桌上雕花飾彩的框座裡一尺七寸的神像。乩童頹然趴在桌上，阿平兄忙以清水點醒那人。

「啊！」乩童打著呵欠，像剛睡了長覺醒來：「啊！太子爺好大的力量。」

我看清楚被太子爺附身的乩童，原來是隔壁村埔忠莊的獨目阿樹，聽說伊有通天眼，我識得他，知道他與附近的神、仙、道都有交情，遠近十八村莊鄉人若有疑問難題，他是萬通萬靈。

我有些寬慰，他們這三個混小子，居然還知道求神探查我的下落。

「看這勢面，代誌有卡歹，可能，你老爸凶多吉少了。」阿平兄抽著長壽菸，半年多不見，他的酒糟鼻還是紅冬冬。

「實在難辦！」獨目阿樹搖搖頭：「你們啊！早就應該注意你老爸的行動了，那能放伊磕去，天南地北茫索索，一個老人——」

阿樹——

我扳開木板，朝他招手，他的通天獨眼卻不睬我。我是想告訴他，我只是去旅行，別亂誑言。

「我們是大意了。」維松摸著眼眶：「那日我走時，阿爸睡得很好，我是去追三點半！」

「蜜斯張有打電話給我，伊也講，老爸眞調皮，還會吃伊豆腐，要不是餵他吃了顆鎮靜劑，她還走不開呢！喔！蜜斯張一個鐘點多少你們敢知道？一點鐘一百六呢！」

莉莉的多言，令人不悅，維揚卻無表示。

「不能怪我們遲到。」珍珍說：「我們是從小兒科趕去的，小雄拉肚子，老爸疼孫子，他不會怪我們遲到，何況，二嫂在電話裡，說老爸睡得很好。」

「好啦！少囉唆了，你們這些女人——」維英揮揮手：「奇怪的是，那電話就這麼斷了，也沒再打來，警方也摸不到邊。」

「一個老人，怎可能——老爸又不是王永慶的老爸，若你是歹徒，會對他有興趣嗎？何況，老爸的毛病那麼多！」維揚喝著茶：「我是在擔心，歹徒發現老爸沒有價值，把他隨便往山上一丟，他、他、他荒山野外，恐怕——恐怕——就是這個問題啦！」

「我知道，我知道！」小雄揉著膝蓋：「阿公常常自己對自己說話，還唱什麼『我好比籠中鳥』，嘻嘻嘻嘻！所以——」這小鬼像偵探，頗有乃父滑頭刁鑽之風：「他是離家出走啦！」

「對！對！」眾小將附和，小勇說：「我也聽阿公講過啊！他說住台北，好比關犯人。」

「阿公一定是去旅行了。」小中大人氣十足：「他說，有一天，要自己一個人到一個很遠很遠的地方，去找阿媽。」

「小孩兒別亂講！」維松斥著小中。

「讓他們講，也許啊！小孩子靈感較多，你沒聽到他們剛才講的，老爸，早就有厭世的念頭了。」維英冷靜地說：「根據專家的統計，台北市老人自殺率偏高。」

「這有理。」阿平兄說：「台北是台北，咱莊腳的老人，就不同啦！伊們一日呷飽，嘿！結黨做伴唱山歌吧！所在闊，空氣好，日頭足，那親像台北人白死殺，皮膚沒一點血色。」

「早知道阿爸想不開，早知道有今日的下場，早把老爸送到安養中心就沒事了。」維松懊惱地說：「就怕這事傳到埔姜鄉，人家會怎麼批評我們！」

「喔！托老所，台北新興的事業，值得投資，只要有效管理，不怕賠錢。」維英如是說，卻被莉莉插了嘴。

「自從老媽走後，他老得眞快，你們發現沒？他連鼻毛都變白了。」莉莉說：「人老了，眞可怕，我有時看著老爸，就害怕起來！」

「三八！」維揚瞪著眼。

「想到那裡去了，不是怕他，是怕你那一天也那麼老！」莉莉笑說：「就會想歪！」

「不是三八！」維英壓低聲音：「你們沒發覺嗎？老爸——」

我從天花板上溜滑下來，倒要聽聽維英如何誹謗我，也存心要嚇嚇他們，可他們卻渾然不覺，我一巴掌搧過去，維英臉上一記青紫，但他卻沒叫痛，話由珍珍往下說。

「他，常湊在鑰匙洞下，偷看人家啊！」珍珍說：「不止一次，小雄也跟著他阿公，被我逮到，狠修理一頓。是小雄招的供。」

小雄一臉無辜，點頭。

「這時候還講這些五三四，不怕人家笑話。」阿平兄義正詞嚴：「你們這些子孫輩，不是我阿舅要講你們，老爸不見了，眞正的原因是你們，是不是？」

眾人低頭。

「唉！人若找不回來，我看哪！你兄弟是無福消受你老爸的私傢囉！」阿樹如是說。

「是啊！全村的人都知道你老爸四處都有買土地，現在，台北大公司正要到咱鄉內買地，蓋跑馬場，說不定看上的就是你老爸的地，誰又曉得你老爸也土地權狀放那裡？」阿平兄搓著手，對獨目阿樹說：「我這個妹婿，就是不信任別人，所以，只有他一人知道。」

「我看！老爸也沒多少私傢了，他兩次回老家，帶回去的還不夠多？他以為我們不知道！」維英有些憤憤不平。

「其實，我們看過他的信，還影印了幾封。」維揚招認。

喔！難怪啊！伊們這麼了解我的一切。

「我也知道啊！」阿平說：「那當時，我小妹和他牽來牽去，伊一個三、四十外的外省郎——看起來都四、五十了，誰會相信他在大陸未娶？只有我小妹戇，信他。所以嘛！我厝內大大小小攏反對；若不是我出來解，親家結不成反結冤仇，你不知道，那當時，外省郎話難通，用比的，那比嬒通，就可能用槍來比，伊攏沒驚死哩！」

「尪某代歡喜甘願，前世相欠債。」阿樹說：「你們這些做兒媳的，可能不知道，那當時，你老爸、老母的親事，轟動十八莊，有人說，壞啦！你老母吃了外省仔的符咒，中邪啦！有人講，你老母，有夠大膽！」

呵呵！我哈哈大笑，他們的記性還不壞。

那個久遠的時代，那苦，誰人能解？我，馬振一人對千人眼睛，真是日出而作，日入還不息，佛爭一炷香，人爭一口氣，我，馬振，眞是做馬也做牛，但沒人眼光看得比我準，我一畦田一畦田地買，再也沒人看不起我。要不是我這樣的打拚，那裡能夠讓這三個小子，讀到大專畢業，替他們在台北一人買一棟房子，還出資讓他們做生意。

「啊！老爸。」維松擊掌。

我就站在他身側，他摘下近視墨鏡，擦了擦眼角。他看見我了？

「他會不會、會不會回大陸去了？」

「有可能！」維揚說：「跟那邊聯絡看看。」

「要聯絡可得技巧些，要不然，那邊的兄姊，知道老爸還有些財產，怕不半夜也要飛過來爭。你們沒看報上一天到晚登，打不完的隔海遺產官司，法律也規定了那邊可以繼承『台胞』的遺產哩！我們可要防著點。」

維英一襲話，驚醒夢中人，卻讓我十分、百分、萬分地不痛快，他們膽敢當著我的面爭論財產，簡直目中無人。

我不想再聽他們無聊的談話。

倏然，我在傍晚時分，來到彼日的社區公園，並坐在白色鐵椅上，欣賞著草坪上表演瑜珈術的老媼，一個明明已有八十歲許，卻塗抹胭脂，穿緊身衣，身材尚凹凸有致的老婦人，正在倒立，旁邊的徒弟，紛紛調息，有的做蛇吐信式，有的趴在大布上攤屍式。

我肯定人的潛能是無限的，就如同我、馬振，在這趟崑海村之旅後，吸取了日精月華，竟有著令自己難以置信的功力，能飛、能飄，且能將過去事，像翻書般地一頁一頁展開來，重新讀過。

哦！噴水池中央的偉人銅像，不也說過「以寡擊眾，精神力勝過物質……」等等的言語嗎？

很快的，我找到了那幢女廁，並在綠色的九重葛籬牆邊看到彼日我穿著的綠色拖鞋，我進入廁所，以相同的姿勢，拉開ＹＫＫ，喔！我兀然發覺自己，恢復四十歲前的健康了，那隱隱的尿意，不再糾纏我。

那粉紅的女間諜，沒有出現，那瘦牛仔也沒有蹤影。

現在，我忽然十分想念昔時的種種了。

可惜我沒有「時空轉換器」（我偷看小勇《小叮噹》漫畫書上的超越時空，可回到過去，可提前進入未來的偉大發明），要不然，我一定要回去五、廿九那個偉大的日子，那場戰爭。我要重溫被敵人追殺的情景。

我跑、跑……，越過籬牆、越過欄杆，跑著、跑著，啊！紀念堂的燈光黃亮，有人在拍照，沒有漫天的火光，也沒有鐵蒺藜、拒馬，和對峙的警、民了。

小蜜蜂，嗡嗡嗡……我在群眾中，如一尾孤單的魚，在陌生的人海裡，隨波逐湧。

街心處，有情侶相擁而過，我走過去，在他們背後，吹氣，讓他們的髮結在一起。

然後，我到「謝外科醫院」，大門是關著的，但我輕易地登上三樓燈火處，窗帘很厚，我從冷氣孔進入屋內。

哇！

他們正激烈地打鬥著。

扭擺的腰和模糊的臉（因爲汗的緣故），在寬大的水晶床上，進行廝殺。

男的是謝醫師，女的是阿蕊。他們濁濁地喘著氣。

我得承認，我在少年時期就患有早洩的毛病，但是精力充沛。秀枝患病後，我多次夢遺，她走後，自知功能減退，但不至於像現在——現在，我面對活生生的春宮，比維揚、維英家的A片還生動，我竟然、竟然了無生趣，不再亢奮得心跳耳熱的。

我興趣索然。轉身，看到床頭牆壁上，掛著一幅放大的謝醫師的全家福照片。我躍起，一腳將之踹下來。打鬥的男女，一陣抽搐，被嚇著了吧！

驀然，我發現了醫院的祕密。

鑰匙洞裡，有一張膨脹的面孔，正緊貼著門，面紅眼赤的觀戰著。

我用力、用力拉開門，想叫那人跌個狗吃屎，撞破姦情，卻拉不動門，只好用手指戳進鑰匙洞口，那胖臉嗚吁一聲，昏倒門口。

我替安妮叫屈，這可憐的孩子。

整夜，我在曾經走過的街道、公園游移，享受夜晚的黑（我不再怕黑了，多麼奇妙！）所帶給我的快樂（在夜色中，我這才眞正認清台北的面貌），我幾乎摸熟了全台北的街道。

我又分別到維松、維揚、維英的家裡，小坐片刻，原想去逗逗孫子們，享受聽他們撒嬌，叫一聲阿公給五百的樂趣，沒想到任我怎樣去掰他們的腳趾頭，用鬍子搔弄，這些小傢伙就是不醒，小勇還踢了我一腳，小雄的雞雞漲滿了尿，好像已滴了一些出來。

無趣、令人疲倦、風塵僕僕的感覺。於是，我進入維英家的浴室。

咦！奇怪，漫著水氣的鏡子裡，我，怎麼模糊了？身體竟然縮小如孩童，鏡中人是我嗎？我感到懷疑。

我倉皇離開維英的家，我得找一家餐館，好好吃一頓，我的縮小，定是因爲我連日來挨了餓的緣故。我也想喝一杯，崑海村阿森的自釀米酒，至今，還讓我的舌蕾感受餘香。

前面是一條巷子，巷口正有一家掛著羊肉火鍋招牌的餐館，我沒有進去，因爲，鍋子裡有一個悲嚎的羊頭。

過街，我小心穿越安全島。

倏地——街道上，遠遠的一部巨大的翡翠藍轎車，直衝過來，後面，一團紅藍燈嘈雜地亮著，響著警鳴器，警車追殺過來，乒乓！乒乓！黑暗的微明中，有火星豔亮，剎那，飛過去！

乒乓！乒乓！那轎車遠去，警車尾隨。

我中彈了。

後面的警車壓向我……

我覺得好痛、好冷。

好冷。

我暈茫茫昏過去。

我茫茫杳杳……。

意識中，一直有人在喚著我的名字。

——馬振！振——

回來唷！

——馬振——

我聽到流水般的音樂，慢慢的，令人滋長悲傷的速度。

然後，我以旋轉的方式——一股強力的磁，吸盤的力量。我如同一粒飛奔細砂，落在磁場內，轉動。

埔姜鄉的景物，屋、瓦、草、木，慢慢地在我周遭轉動。

一支黑色長幡，在院子裡迎風招展。黃昏時分。

一座戲棚般的台子，裡面綴滿花、果，台前三支招魂椿，椿上籠著竹圍，貼著黃豔的符咒和白雲紙鶴，維松、維揚、維英穿著麻蓑喪服，一人一椿，手扶椿圍，一圈一圈地繞著，那紅黑白格子大衣的道士，揚拂，擊鈸，口裡念牽魂咒，一陣風吹來，焚燒的紙錢漫天飛。

我想停止飄飛，奇異的是，我竟然隨著椿上竹圍轉動的速度，旋轉著，再也定不下來。

我梭巡著這幢親手起造的家，ㄇ字形磚房，從我北上起便成爲阿平兄的養雞場，唯一未受污染的大廳打開了，由於前庭搭著道場，遮掉大半的光線，廳內籠罩在愁慘的陰暗中，坐在裡面的親友們，個個亦是黯淡神色。

屋前屋後的木瓜、蕃石榴、龍眼樹，因久未修剪，長得怒氣沖沖，枝椏亂竄，那片菜園亦是荒蔓野藤，爛漫一地。

順著飛旋的方向，我驚愕地發現，那幀我在六十年代，身分證用的照片，竟被放大懸掛在靈堂供桌上方，兩支巨大的白燭，不住地滾滾落淚。面前，三炷香裊裊煙升。孩子們正在桌檯下玩著迷藏，小勇蒙著臉當鬼，要捉小文小中、小雄他們。一、二、三、四……十數喊完，小雄他們全躲在棺材下，被珍珍發現，大驚小叫一番。

門口因警車閃亮的紅燈微喧起來。牽亡歌的音量小了些。

那不是阿德嗎？

他被一左一右的胖警察挾持著，手上蓋著夾克，另一部轎車下來幾位穿便服戴眼鏡提皮包的官員（我直覺的判斷），喔！謝醫師憤怒的臉和沮喪的安妮也出現了。

他們先到靈堂前，燃香，三拜。

安妮眼裡閃動的淚影，她持香的手顫抖著，阿德深陷的眼睛，看著她，刑警推他要跪下，抬頭，阿德似看到我了。

「還不快懺悔？」刑警遞香給被銬著的阿德，「老先生做鬼也要找你的。」

阿德抬頭，眼裡汩汩著淚水，拜了拜。

安妮掙脫父親，跑到阿德旁邊，接過他手上的香。

「我不相信阿公會冤枉人。」安妮持香，喃喃著：「阿公，你要顯靈，告訴他們，阿德沒有害你，是你自己要跟我們到牡丹鄉的，我們更沒有綁架你，對不對？」

誰知道那勒索的電話是誰打的？但是，我求你要顯靈，告訴他們，絕對不是他，阿公

安妮嚶嚶地哭起來。

「你瘋了你！」謝醫師憤怒地拉著女兒的手，並狠狠瞪著阿德，「等法醫解剖了，看你如何脫罪？」

「好！我承認？」阿德吼叫：「我承認，總統府也是我燒的，我承認立法院也是我砸的，我承認我是鄧小平派來顛覆台灣的，我承認我承認我是五二九事件的主謀，我也承認殺了馬振……。」

「老爸眞回來了嗎？」珍珍問。

「舅舅說他昨晚看到老爸在厝前探頭，一身濕漉漉的。」

「舅舅定喝醉了，你們看他老是醉茫茫。」珍珍說：「也不知道老爸到底是被殺還是自殺。」

「好可怕！」美美說：「太子爺不是說老爸去旅行嗎？」

「也沒錯，陰陽兩界，聽說就一線之隔。」莉莉說：「他們前幾天還在談要開個老人院，

讓老爸主持，那想到昨天就——唉！」

她們又猜測著安妮和阿德的關係，並曖昧地笑著。

「老爸該不會老牛想吃嫩草，被那少年仔一拳打到海裡去的吧！」珍珍嘻嘻笑。

「小心別亂講，老爸在你身邊。」美美嚇著她。

我朝他們吹氣，吹得她們脊背挺直，雞皮疙瘩。

「想想，我們也沒有對不起他啦！」莉莉心虛地說：「他該不會找我們麻煩才對。」

「他也知道啊！我們都有各人的事，不可能一天到晚陪著他。」珍珍又說：「他還是蠻可愛的啦！譬如，偷吃糖，偷看A片，小雄對他較不客氣，他就偷偷藏他的玩具。」

「老人囝仔，老人囝仔！一點也沒錯，我對他可一直是小心翼翼，明明知道他尿床，小中告狀，我都罵小中。」美美說。

「他啊，常常念著要回埔姜，沒想到，竟用這種回家的方式。」莉莉說：「我昨天從街上回來，有人在議論說我們這些子媳不孝呢！」

「隨他們啦！」珍珍噓了口氣：「大家都累了，我先陪維英跑安老院，每個院去慰問，兩條腿都快跑斷了。」

「喔！法醫要解剖檢驗了——」美美說：「那幾個不知輕重的小猴子，也在那裡跟人家轉來轉去，眞糟糕！」

「他們都不怕。」珍珍說：「昨天，小雄還去翻阿公的眼皮呢！說阿公的身體怎麼縮小了？真的吔！縮小了！」

「哎喲！沒有聞到臭味呀？」莉莉聳聳肩：「我都不敢過去看老爸。」

道士們邊念咒歌邊踩著舞步跳著過來，三人趕緊閉嘴。

這三個道士——一前二後，圍著牽魂椿邁著方步，敲著鈸，念著咒文，如呼如唱如吟，平平的腔調，有種催眠的效果，果真珍珍和美美的眼睛都閉起來了，莉莉也睡眼惺忪，扶著椿圍，一圈一圈無意識地隨咒起舞——一步一顛，搖擺著身體。

有人看了偷笑。

警察輕吹哨子，制止小孩的嬉戲，村人圍著白布棚子踮著腳爭探布裡的動作。

維松也戴著口罩，跪在被掀起的棺材邊。

那人被放置在床板上。

法醫的手往白布下的身邊扣扣摸摸，警察揮手要人們後退。那人下半身的白布被掀起，啊！白赤赤的屁股，法醫用手伸進肛門裡，探索著。

我想笑，有一股屁意，忍住，咬牙；屁，還是無聲地放出，哈！

接著又要檢驗那人的舌頭，我看到，那人就是不肯張嘴，可嘴角有一絲笑意呢。

謝醫師在勸維松讓法醫解剖內臟，維松堅決地搖手拒絕。

警車載著法醫，先行離去。

謝醫師重重關上車門，他對檢驗結果不甚滿意，安妮在門內不安地望著阿德。我知道他的陰謀，且以當了十年軍車駕駛的經驗，讓他的豪華轎車無法發動。

當謝醫師下車掀開引擎蓋的剎那，我從樹梢上飛躍下來，趕緊地抱住他，並以人工呼吸的方法，將他薄薄的嘴唇含住，吹氣（哦！酒和雪茄菸的辛辣，令我氣喘）。

他的胸部急劇地起伏著，喘著哮著。

——咻！咻——沒有，阿德你沒有殺人，沒有，我，馬振，以一生的名譽，保證你阿德沒有綁架我！

人們圍過來，謝醫生的臉白慘慘，他抱著胸部，大聲地替我宣布。

「七天，啊！今天一定是第七天了。」

「老先生附身啦！老先生附身啦！」

「聽啊！他的聲音，沒錯，沒錯！」

村人們議論著，他們並沒有發現我。

我感到十分悲傷，他們居然異口同聲，認定我已經死了，第七天。

「呔！老先生眞幽默，居然附身在院長身上，院長一直認定阿德是凶手呢！」刑警說：

「嘿！這案情還眞難搞，橫跨陰陽兩界……。」

我伸手揪著謝醫師的衣領，搖著他。有人把五子哭墓隊的麥克風對著他的嘴，他打自己的耳光。

——咻！咻！咻！阿德是冤枉的，綁架我的是我自己，馬振！這個謝醫師不該、不該誣告阿德啊！

我放開謝醫師，他躺在地上抽筋，口吐著白沫。

好累！我覺得力氣已經用盡。

我好想，好想躺下來，睡一覺。

我推開房門，才一移步，腳底有種柔沙的觸覺，低頭，果眞是一地的沙，莫非，是經年來未有打掃的積塵？

床前，一雙黑色軟鞋，是我最常穿的，北上時，維英嫌土氣，沒有帶去。我彎腰試穿。咦！我的腳，怎麼縮小了，眞的縮小了。

我坐在床沿，思索著自己，這日跋涉的旅程，竟令我茫然，想是體力透支太多，以致，晝夜都攪混了，視線也模糊了，我猛然想到自己多日未洗臉，眼角的積垢當然會影響視力了。

門後，一如往昔，一盆清水，令我心寬慰不少，自秀枝走後，有誰還有這份細心呢？

我沾濕毛巾，忽然想到自己的臉。

乍然，盆中的我，臉的輪廓竟是茫空一片。

我心驚慄不已，我的臉怎會、怎會凋落了呢？連五官都消失了，我、我是怎麼啦？

我覺得又冷又累，仰躺下去，床頭一張「往生咒」文，似無聲似有聲在我耳際嗡然，像幼時母親的呵眠。我漸有睡意，並聞到熟悉的床板發出的味道，有木頭潮霉的氣息，有秀枝的髮香以及我的濁濁汗味，我用力吸嗅著。

黑暗中，昔時爲秀枝煎熬的草藥香，在空氣中迴流著，那熱熱的白煙，裊裊屋內。

我用手摸觸自己的臉，沒有眼淚，但我再次肯定自己已失去五官了。

我悲傷地嘆著氣，那些氣味，藥香、秀枝的髮香時清新時淡薄，似有似無，不眞確。

——振喂！第七天了。

有女子低柔的聲音喚我。

第七天！我駭然驚醒，睜眼，屋瓦罅隙透漏夜的微明，黑暗中隱約，是秀枝的身影啊！

她輕輕拍著我的背。

——別怕，第七天了。

她說。

我伸手，擁抱，她卻起身，飄然門外。

——秀枝，你睡啊！

她在門口，一如以往，幽怨的眼神，令我不安。

哦！她總默默地忍受著我對她的不義；結婚前夕，我尚偷偷寄了家書回去。婚後，我一直提防埔姜鄉人對我的陷害，包括她和孩子……。

自她病後，孩子們只偶爾返鄉探親，久病的她，不免令我厭煩，有時，忍不住要叱她罵她，竟日醉酒避她，以致她胸脯上的傷口急劇地惡化，且發出惡臭，在她病重時，我依然訂下返鄉的機票……。

她一轉身，向門外行去。

我追索出去，握住她的手。

門外，人聲吵嚷，道士的金邊紅衣，在燈光下飛揚，牛角的嗚喔聲，悠揚夜空。

道士的身影，忽然急舞向我們。

——快跳！

秀枝用力握我的手。

我們穿過籬笆，向村外疾行。

——馬振！

——回來嘍！

——阿爸！

——回來嘍！

秀枝以掌摀住我耳朵，不許我回頭。

她小小的快步，猶如昔時田間作息，日落後要趕回家餵孩子吃奶，那般地匆急。彼時，她肩挑一擔牧草，一步一搖晃，兩只籮筐，左右左右地擺，路小，我牽牛在後跟隨，且笑她腰臀款款如戲中的旦，如輕風吹著的波浪。

喚我的聲音，仍在迴盪。

我們來到圳坎，大圳，是埔姜鄉灌溉的源流。

橋那端，竟是衣袂飄飄，長袍馬褂的爹娘，他們且拭汗且朝我招手。

「爹娘怕你找不到回家的路，千里迢迢趕來，尋你。」

秀枝回頭，溫柔說道。

月光下，圳水如鏡，我不禁俯視。

那深深的清澈裡，水波不驚，映著的不是我的影子，我心一悸，且看！

秀枝必然看到一切了。她仍怨恨著我嗎？

所有的過去，曾欺瞞過她的情節、人物，全然映現水中。

我踽踽過橋。

秀枝已在彼端，和爹娘站在一起。

回頭。

燈光正闌珊，人影飄飄，牛角聲再度揚起，似遠還近，若即若離。

爹、娘、秀枝對我抿嘴一笑。

第七日，我終於明白。

文·學·叢·書

劃撥帳號：19000691　成陽出版股份有限公司　掛號另加20元
本書目所列定價如與版權頁有異，以各書版權頁定價為準

1.	吹薩克斯風的革命者	楊　照著	260元
2.	魔術時刻	蘇偉貞著	220元
3.	尋找上海	王安憶著	220元
4.	蟬	林懷民著	220元
5.	鳥人一族	張國立著	200元
6.	蘑菇七種	張　煒著	240元
7.	鞍與筆的影子	張承志著	280元
8.	悠悠家園	韓·黃晳暎著／陳寧寧譯	450元
9.	想我眷村的兄弟們	朱天心著	220元
10.	古都	朱天心著	240元
11.	藤纏樹	藍博洲著	460元
12.	龔鵬程四十自述	龔鵬程著	300元
13.	魚和牠的自行車	陳丹燕著	220元
14.	椿哥	平　路著	150元
15.	何日君再來	平　路著	240元
16.	唐諾推理小說導讀選 I	唐　諾著	240元
17.	唐諾推理小說導讀選 II	唐　諾著	260元
18.	我的N種生活	葛紅兵著	240元
19.	普世戀歌	宋澤萊著	260元
20.	紐約眼	劉大任著	260元
21.	小說家的13堂課	王安憶著	280元
22.	憂鬱的田園	曹文軒著	200元
23.	王考	童偉格著	200元
24.	藍眼睛	林文義著	280元
25.	遠河遠山	張　煒著	200元
26.	迷蝶	廖咸浩著	260元
27.	美麗新世紀	廖咸浩著	220元
28.	台灣原住民族漢語文學選集—詩歌卷	孫大川主編	220元
29.	台灣原住民族漢語文學選集—散文卷(上)	孫大川主編	200元
30.	台灣原住民族漢語文學選集—散文卷(下)	孫大川主編	200元

31.	台灣原住民族漢語文學選集——小說卷(上)	孫大川主編	300元
32.	台灣原住民族漢語文學選集——小說卷(下)	孫大川主編	300元
33.	台灣原住民族漢語文學選集——評論卷(上)	孫大川主編	300元
34.	台灣原住民族漢語文學選集——評論卷(下)	孫大川主編	300元
35.	長袍春秋——李敖的文字世界	曾遊娜、吳創合著	280元
36.	天機	履　彊著	220元

世界文學

1.	羅亭	屠格涅夫著	69元
2.	悲慘世界	雨果著	69元
3.	野性的呼喚	傑克・倫敦著	69元
4.	地下室手記	杜斯妥也夫斯基著	69元
5.	少年維特的煩惱	歌德著	69元
6.	黑暗之心	康拉德著	69元

POINT

1.	海洋遊俠——台灣尾的鯨豚	廖鴻基著	240元
2.	追巴黎的女人	蔡淑玲著	200元
3.	52個星期天	黃明堅著	220元
4.	娶太太，還是韓國人為好！？	日・篠原 令著／李芳譯	200元
5.	向某些自己道別	陳樂融著	220元

幸福世界

1.	蜜蜜甜心派——幸福的好滋味	韓・李美愛文／曲慧敏譯	260元

朱西甯 作品集

1. 鐵漿 240元
2. 八二三注 800元
3. 破曉時分 300元

王安憶 作品集

1. 米尼 220元
2. 海上繁華夢 280元

以下陸續出版

3. 流逝 260元
4. 閣樓 220元
5. 冷土 260元
6. 傷心太平洋 220元
7. 崗上的世紀 280元

楊 照 作品集

1. 為了詩 200元
2. 我的二十一世紀 220元

以下陸續出版

3. 在閱讀的密林中
4. 政經書簡
5. 大愛
6. 軍旅札記
7. 給女兒的十二封信
8. 迷路的詩
9. Café Monday
10. 黯魂
11. 中國經濟史
12. 中國人物史
13. 中國日常生活

成英姝 作品集

1. 恐怖偶像劇 220元
2. 魔術奇花 240元

天機

作　　者　履　彊
發 行 人　張書銘
社　　長　初安民
責任編輯　高慧瑩
美術編輯　許秋山
校　　對　余淑宜　高慧瑩　履彊
出　　版　INK印刻出版有限公司
台北縣中和市中正路800號13樓之3
電話：02-22281626
傳真：02-22281598
e-mail：ink.book@msa.hinet.net
法律顧問　漢全國際法律事務所
林春金律師
總 經 銷　成陽出版股份有限公司
訂購電話：03-3589000
訂購傳真：03-3581688
http：//www.sudu.cc
郵政劃撥　19000691　成陽出版股份有限公司
印　　刷　海王印刷事業股份有限公司
出版日期　2003年5月　初版
定　　價　220元

ISBN 986-7810-14-7

國家圖書館出版品預行編目資料

天機／履彊著. --初版，--臺北縣中和市
：INK印刻， 2003〔民92〕
面； 公分（文學叢書；36）

ISBN 986-7810-14-7(平裝)

857.63 91020358

K INK INK INK INK INK INK IN
INK INK INK INK INK INK INK
K INK INK INK INK INK INK IN
INK INK INK INK INK INK INK
K INK INK INK INK INK INK IN
INK INK INK INK INK INK INK
K INK INK INK INK INK INK IN
INK INK INK INK INK INK INK
K INK INK INK INK INK INK IN
INK INK INK INK INK INK INK
K INK INK INK INK INK INK IN
INK INK INK INK INK INK INK
K INK INK INK INK INK INK IN
INK INK INK INK INK INK INK
K INK INK INK INK INK INK IN
INK INK INK INK INK INK INK
K INK INK INK INK INK INK IN
INK INK INK INK INK INK INK
K INK INK INK INK INK INK IN
INK INK INK INK INK INK INK
K INK INK INK INK INK INK IN
INK INK INK INK INK INK INK
K INK INK INK INK INK INK IN
INK INK INK INK INK INK INK
K INK INK INK INK INK INK IN
INK INK INK INK INK INK INK
K INK INK INK INK INK INK IN

NK INK INK INK INK INK INK
K INK INK INK INK INK INK IN
NK INK INK INK INK INK INK
K INK INK INK INK INK INK IN
NK INK INK INK INK INK INK
K INK INK INK INK INK INK IN
NK INK INK INK INK INK INK
K INK INK INK INK INK INK IN
NK INK INK INK INK INK INK
K INK INK INK INK INK INK IN
NK INK INK INK INK INK INK
K INK INK INK INK INK INK IN
NK INK INK INK INK INK INK
K INK INK INK INK INK INK IN
NK INK INK INK INK INK INK
K INK INK INK INK INK INK IN
NK INK INK INK INK INK INK
K INK INK INK INK INK INK IN
NK INK INK INK INK INK INK
K INK INK INK INK INK INK IN
NK INK INK INK INK INK INK
K INK INK INK INK INK INK IN
NK INK INK INK INK INK INK
K INK INK INK INK INK INK IN
NK INK INK INK INK INK INK
K INK INK INK INK INK INK IN
NK INK INK INK INK INK INK